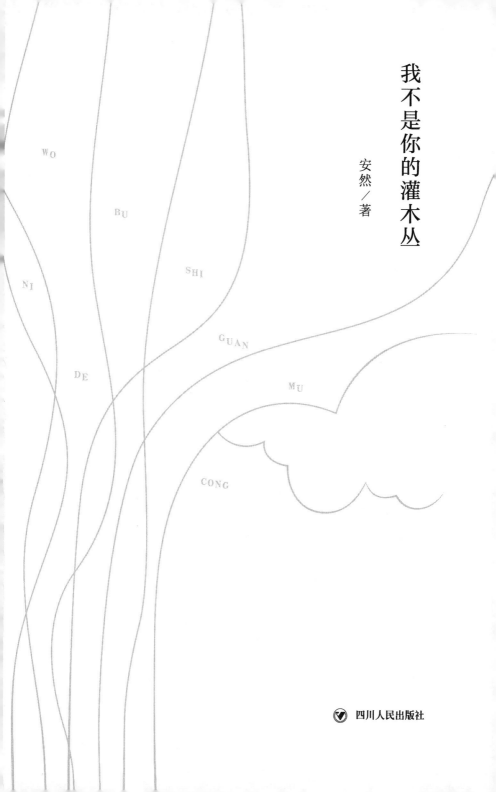

我不是你的灌木丛

安然／著

WO

BU

NI

SHI

DE

GUAN

MU

CONG

四川人民出版社

图书在版编目（CIP）数据

我不是你的灌木丛 / 安然著. —成都：四川人民
出版社，2021.12
ISBN 978－7－220－12483－9

Ⅰ.①我… Ⅱ.①安… Ⅲ.①诗集－中国－当代
Ⅳ.①I227

中国版本图书馆 CIP 数据核字（2021）第 242571 号

WO BUSHI NIDE GUANMUCONG

我不是你的灌木丛

安 然 著

出 版 人	黄立新
责任编辑	王其进 晓 风
版式设计	戴雨虹
封面设计	李其飞
责任印制	祝 健

出版发行	四川人民出版社（成都市槐树街 2 号）
网 址	http：//www.scpph.com
E-mail	scrmcbs@sina.com
新浪微博	@四川人民出版社
微信公众号	四川人民出版社
发行部业务电话	（028）86259624 86259453
防盗版举报电话	（028）86259624
照 排	四川胜翔数码印务设计有限公司
印 刷	成都远恒彩色印务有限公司
成品尺寸	145mm×210mm
印 张	6.125
字 数	100 千
版 次	2021 年 12 月第 1 版
印 次	2021 年 12 月第 1 次印刷
书 号	ISBN 978－7－220－12483－9
定 价	46.00 元

目 录

目录

辑三　我们捋顺新年的第一缕光

目录

目
录

辑

一

我 将 高 声 诵 读

一 根 废 弃 的 铁 钉

我每天编书、写诗，按时站地铁

吃有毒的蔬菜，在一个人的小房间反省

在城里，我是这般活着

我这般爱着，叙述软弱和卑微

在透骨的风中描述一个人的走向

从怀里拿出刀子的那一刻

我反手给自己一巴掌

在城里，我这样强迫着自己

我想过来世，另一个星球

活着的人该以怎么样的方式生活

在每一个冬日的早晨，我用棉絮盖住身体

盖住体内的积雪和人间的喑哑

废弃的铁钉

爱吧！用一根小小的汤匙

装满苍劲的风，和我

在夜晚的歆羡

一阵小小的颤抖

明日黄昏，我将用足够的海水

抵达你内心的波涛

越来越澎湃

新月突然有了枯枝的悔意

爱吧！这瘦弱的平静灯盏

犹如在篱笆墙外

我将高声诵读一根废弃的铁钉

是什么让它在暗处保持庄严的呼啸

疼

为此，我吃掉更多的铁
更多坚硬的摧毁，和灭亡

为此，我忍受针穿过手指
钳子在口腔里的动乱

为此，我拿出全部的家当
连同身体里的盐水

为此，我戒掉奢望和幻想
在荒原上燃烧一把旧骨头

为此，我贫瘠的双肩降临灾难
玉养的锁骨装满人间的风雨

辑
一

日子

我从未像这样走进一个人的内部

紫色小花开在喉咙里

我从未像这样用尺子丈量爱的深度

一道彩虹托举天空

我从未像这样吞下云和火

伤口在露水上发炎

我从未像这样拉住一只鹿

请它指出深林的走向

我从未像这样爱上山坡的宁静

仿佛我没有来过

我实在想不出更好的表达

一个句子被反复推敲

被贬损

一个词被分解成零碎的骨头

我依旧没有长出菌斑

我能表达的所剩无几

沉默是自保

让这些枯枝、败叶、干巴的泥土

变得敏感、笨拙

保持长久的沉默

这让我在喧嚣中获得安宁

让我时刻保持洁净

命运的钢坯

我有完整的理由，它发着光

它带着久违的激情撞击

人类的瞳孔

你应该明白了，明白更多的真相

锁孔充满铅，流年蘸满果酱

青色瓦片没有你

你在等待暴风降雨

你在等待性，一个负债的人

如何在病入膏肓中撬开命运的钢坯

如此美着，如此想着

桔梗花就开到了我心上

无数个独舞的黄昏和长夜

我唯一想做的事：牵着你的手

路过一座村庄，听烈马奔腾时踢踏的蹄音

想起你唯一想做的事

和我唯一想做的事：把麋鹿驱向深林

把山中的露水、风声和一场午后的雨

都请进来，为你

为我点燃一盏忽明忽暗的灯

照着前路漫漫

照着我们潜心赶赴的枯瘦黎明

我熟悉早退的人说谎的技艺

屠夫手中的刀落下来的技艺

我熟悉山川逶迤的技艺

我熟悉你雕刻我的技艺

最先是轮廓

然后是我的低音和颤抖

我的手指触碰过衰败的草丛

我熟悉潮汐涨落的技艺

如同你再次雕刻我

在木石上，在花楸上

那些潮水正向心尖退去

在春天我有传奇的身世

无可奉告的秘密

我擅长用花苞制作编钟

用泉水医治月光

用新柳搭建婚房

一只蜻蜓正从夕阳中归来

我体内的星河灿烂

晨曦、雨露和鸟鸣都十全十美

在渗雨的黄昏中

我抱住了春天

辑一

七月，音信全无

七月抱着海水恸哭

七月，草木多疑，雨水热烈

沉静的影子在光斑中闪动

我的绿色小火车，在铁轨上

驶过拥挤的路面

七月抱着晨露恸哭

七月，所有的爱变得虚弱而柔软

七月，我练习逃生

无数的泪水学习沉寂和死亡

七月抱着闪电恸哭

在疯狂的悲悯里，在我滚烫的褶皱里

请出我内心的高原
请出我琥珀色的羞赧之心

为了美，我抱住持续盛开的罂粟

请出我灵魂里的微弱灯火
在暗处，为了美，我抱紧自己的影子
为了美，一个人从未如此卑微
不停地向人群致歉

为了美，我贫瘠的一生
在黑夜中长满萧瑟和寥落

壁画

我爱着你的古代和现代
也爱着你体内破碎的核
以及无法修补的明亮

天高地阔，时光远逝
我必然是在高处爱着你
空空的灵魂

为你，为这画中的鲜红
我的肉体被一小团火包围

碎
铁
屑

摧毁我命运里的波涛和星月

让我立于饥荒的四野

骤雨初歇，我原谅了这暴力之物

附着于灵魂之上的碎铁屑

偏爱

燕子驶离地面，我偏爱空中的雨露

是一些突如其来的事物让我平静

让我想到稗草的晚年

白鹤站在干塘，我偏爱一种辽阔

一种从远处飘来的安详

我偏爱过一种慈悲，一种一夜白发的苍凉

损毁

我发抖，也试着从水中
长出羞赧的果核
这让我胆怯、不安，在慌乱中逃走
也让我想起一个逃窜之人内心的
崩塌，和羽翼的损毁

我时常在深夜
想象如果，和更多的如果
我将被众人厉声指责

红宝石

我漫无目的地燃烧

以拒绝的形态

以你紫色的灵魂的反光

照我的懦弱和惊慌

我承认，在某个时刻

我缺少瘢痕，以及被烧灼的红宝石

遗　忘

我经常忘记什么
关于我许下的承诺，我忘记了
关于我在草原上宰杀的羔羊，我忘记了
我说过的善，如同熄灭的焰火
我认同的恶，正与我同生

我忘记一个人的谎言、焦虑、颠踬
我忘记我自己
在惊慌失措的夜晚，持续地忘记被摧毁的事物

一簇桔梗花忘记凋零的日子
我忘记自己也曾深情地凝望冬天

罪

那些触碰过伤感的罪

依旧在我的命运里

冲击，爆裂……

从不忏悔

我将穿过浓烟来到乌桕的对面

坐着，渴慕青汁里的雪

不知何时，我，和你们，接受了正义的风

我渴慕阳光雨露，黎明的

脚步隔着绿叶立于河岸之滨

我渴慕这些花枝

在我体内的四季柔软，或明丽

或在我的沙哑喉咙里

如蜂鸟

飞向细雨的故乡

辑一

我从草原来

带着箭镞、母语和高高的焰火

带着毡篷下亲人的爱

带着唯一的信仰和黎明前的宣誓

我从草原来，带着恩养的宁静

细小的身型、烈马和长鞭

我奔驰在遥远的南方之南

我宁愿自己是灯火下

最脆弱的影子

我从草原来，带着母性的温柔

和草叶的一生，接受南方的再教育

人们从我的身体里牵出野马，引出河流

这一系列的事物带着少女的娇羞与迷恋

带着毡帐

带着故土的血脉

奔跑在环城公路上

我奔跑，带着牧场的璀璨星辰

人世间

我张嘴，一阵清凉的风
带着洁净的疤
和羞赧的祝福
来到我的胸腔

此刻，我让出全部的爱
全部的痴迷和辽阔

此刻我张嘴，呼进人世的苍白
呼出浩大的悲凉
我认得一切绝美的事物
比如，青灯里的枯枝
它们站在愧疚里熊熊燃烧

我用海水浇灌你的静寂

耳廓翻滚着潮汐

余晖穿过滚烫的叶子

天空湛蓝

而我不是你的灌木丛

我不应藏在你的袖下

等待众神的赞美

雪越下越厚——

我的内心结出冰霜

此时，我已无力翻过山巅

此时，这些白已是我体内最洁净的部分

珍爱

我珍爱的事物有很多：泡水的纸、长斑的尺子
生锈的斧头和迟到的卜卦者

我珍爱一些发霉，逐渐凋零的事物
它们让我想到自己，微缩、隐忍……
在溽暑中浇灌发芽的种子

我珍爱民间的巫术、偏方
被老人口口相传的真理
我珍爱的事物还有

这些谎言和承诺
它们教会我如何走出人间的桎梏

忏悔

请让我站在茫茫的夜色里

练习一根稗草急促的呼吸

一个诗人绝望的赞美，他们疼痛的骨骼

如何旺盛，如何洁净

请让我闭着眼睛，仿佛一根枯草从未死亡

一些火种从未结束忏悔

我爱过旧报纸、旧生活

发霉的往事让我战栗而持续

请让我雕刻手中的木牌

栀子的芬芳

人世间简单的真理，和方桌前

朴素的一日三餐

请让我在世人面前渺小

保持沉默，对万物怀有慈悲之心

请搬来流水和花枝

让它们目睹我的愤怒和燃烧

高音

我推敲着它的高音

它沉静、内敛的部分

站在一首诗潮湿的内侧

感受黑暗降临之前

有人踌躇满志

有人拨乱反正

风中

在我的体内，风吹向西边的墓碑

吹向东边的屋舍。吹散我凝滞的欢腾

一秒钟的沉默。风吹着命运

吹着劫数

风吹着我的皮肤和喉咙，像吹着

屋檐和墙壁。风吹过胸膛，心房扑动

风吹过头顶，发丝挂雪

风吹我体内的故乡

大地不再沉迷美色，夜空不再享有色泽

风越吹越猛，吹向我六岁的记忆

吹我的荒凉和寂寥

风在我的体内，如群山

如我的出生地

吹着我顽固的伤疤

和命中的山水

水中

我一直是水中的鱼虾、贝壳

我一直在水中捞月、仰望

我一直在水中，找一把锁、一扇门

一副生锈的铁环锁着一轮圆月

一把弯刀勾住笔直的影子

我一直在水中练习自生

像水草，试图高出水面

像潜水之人，游向更深

像一些电光石火，落在蛇蛙出没的水井

我一直在水中加持神灵的灯火

在水中，我也有萧瑟的夜，垂落的柳絮

和仓促的果实沾满泥土

我在水中练习结婚生子

练习衰老和死亡

然后把香葱和尸骸埋在脚下

手艺活

手上的针线穿过干巴巴的嗓音

穿过颤抖时两个暧昧的影子

这金丝般的针线

这火烧的针线

一群人穿过皲裂的日子

我用针穿过自己菌斑一样

生长的贫瘠，用线

连接褶皱的灵魂，并在一阵风

经过时，无声啜泣

这黑丝般的针线

这慢性中毒的针线

也将迎来它的第一个短暂生辰

在古代

月亮甜蜜，时光炸裂

两朵花枝持续地颤抖

我站在荒原的辽阔和萧瑟之上

我的萨杜恩，我的小白羊

在开往赤峰的火车上

芳兰竟体

坎坎伐辐

在古代

在剑影中牵出山中的白虎

在古代，我两手空空

而星辰闪烁，即将目睹我犯下的种种罪行

另一个我

坐在河岸的尽头练习一首诗的
语速和意境
关于人类，关于道德

在人间哑默，守口如瓶
我决不轻易说出人们心中的
短小和托词
就像我决不嘲笑逃逸的雨

当泪水浇灌天地，请它凌厉
请它坚硬，请它迎接风雪的袭击
请它保存一块完整的疤

我默默地祈祷，为了窗外的雨

为了深夜里突如其来的恐慌

空气停止流动，尘埃平静

笔尖的锐利之物也变得迟钝

在冬日漫长的雨夜

白炽灯燃烧

夜将请入更深的寂静

我默默地祈祷，在偶尔的鸣笛声中

体会人世的孤独与空旷

为了像诗人一样，我默默地吟诵

愿寂寥走入高原的深处

愿菩萨再偏爱一次深情的人

六月，用来清洗

混浊的眼睛，疲惫的灵魂

和焦灼的内心

六月，用来清洗臃肿

用来捶打自己的狂喜

六月，我躲在人世的暗处

隐藏洁白和热爱

无果的恸哭让我遗忘伟大的事

六月，广州城人声鼎沸，雨水众多

六月的萍水相逢

六月的历代星辰

六月，我陷入持久的惊慌

却保持神秘的激情和

信仰里激烈的冲突

我热爱，且拥有，无数饱满的花冠

水晶瓶在空中旋转，翠绿的影子

被藏族人扬起的经幡，握紧的转经筒

在烈日下与卓玛相识

在高原上，蓝天拥着白云

风贴着大地，古书上的美人细读群星

我热爱，且拥有，空旷无边的蓝

我热爱这样的好时辰

夜幕降临，牦牛开路

诸神提灯，教我们如何摘取苦寒之物

活着

我每日写诗，日子就往下坠
一个人忏悔，等待惨痛的结局
从此生活就有了深意

每日往返于山水间，把石子抛给天空
河床的更深处有我种下的芦苇
浩浩荡荡的烈火雄心

我每日写诗，不痛不痒的句子里装满
人世的风雨
是什么在容忍稻谷的良莠不齐

是什么在救赎人类
我每日写诗，在诗歌中问责
在诗歌中修正自我

皮肤皲裂，血液倒流

写一首黄色的小诗，被嬗变的词拦住

继续写一首滚烫的小诗，在大雪封山时

冲动、任性、固执，像半个我

去找神居住的小镇，写一首祝福的诗

燃灯祈祷，在佛祖面前决不

说谎、犹豫，对爱的人深信不疑

那时候，我是我，你已不是你

写一首不偏不倚的小诗，把我的迟钝

锐气和不完美一一呈现

就此，写一首疲惫的诗，充满敌意的诗

一首流年之诗

在没有诗的日子

我时常走在漫长的黑夜

倾听

就这样

放下手中的刀，拾起胸前的锤

猛烈撞击，一下，两下……

向心中脆弱的地方

比如我的爱

我的尊严

我柔软的身体承受暴力

就这样平静地

舒展自己的生活

无论哪个方向，都可以安宁

都可以一个人站在灯火前

忍受黑暗带来的巨大浩瀚

途中一瞥

我埋头，阳光从外面照进来

现在有三种辽阔的事物

一是，我胸腔里持续燃烧的火焰

二是，码头上跌入海中的黄昏

三是，夜空下无名的野花悄然绽放又凋零

人活至此，就会慢慢对手中的事物

更加从容，就像昨天

我从单位回来的路上，车水马龙

人们戴着口罩，大步小步

一些明亮的风在空中绝响

而我，一个人低着头穿过斑马线

只有将自己变得更渺小

才能在人世活得简洁

辑一

深山归来，我需要重新整理自己
体内的杂质

静水深流，我需要重新栽种自己
心尖上的玫瑰，我需要重新爱上秋日的呆阳

这一切都是美的，我需要枕石漱口
梳理疲惫的歌声和颤抖的干树叶

明月挂在屋檐，鸽子宁静
我需要站在麦子的哭泣中

我需要立于漆黑的大地之上
俯瞰心底的波澜和烈焰

小调

最小的恩泽，请拾取寂静的叶片

立于针尖，请给予我脆弱

或突然一惊的狂喜

茅草飞旋，藏匿秋霞

只有青桐和秋蝉在风中持续地抒情

我站在月光的袖口里

灰椋鸟站在我内心的丘陵上

为了避免相逢，我们各自

拒绝金色的麦穗

最小的恩泽，天地给予我的甘露

晨钟里抖落的火红花蕊

罪证

我有罪

在菩提树下，我种下

一朵绝望的小花

我遗憾，我的人生空空荡荡

一些腐烂的果子，失败的言论

都将成为过期的铁

盖在我的头颅和安然之上

寂静

遵从内心的秩序

在一个人命运的滩涂上

整理无果的忏悔

我知道

因为世界的沉寂部分

让我持续旺盛

尖叫——

对准罅隙里唯一的光

唯一的燃烧

我知道

因为世界的颤抖

让我在黑暗中缄默

因为盐水的沸腾

我来到命运的枯槁里，端坐——

比如我放弃了虚妄的美

幻想和焦灼

多数时候，我选择一个人坐着

对着暴雨的夜空

和一阵热烈的掌声

我把自己放在泥淖中

让自己绝望、破败、腐烂

枯叶突然在暴雨中

获得了新生，整齐地看向黎明

我已拿出生命中璀璨的部分奉给天地

雨中

我在雨中清洗自己
　　一把坚硬的骨头

我打开体内的门窗
　　走出去
在一棵树面前，捡拾它的果子
　　像捡拾一个湿漉漉的自己

在惊慌中，我踩住地面的枝丫
　　像踩住自己的灵魂
柔软、孤独，猛烈地抓住内部的囊

落下来的还有神的事物

落下来的疯癫，落下来的忏悔

一点点落下来的音讯

被堆砌的枝繁叶茂也从书页里落下来

我拳头紧握的空白，在紧张中落下来

我，落下来——

树上红的紫的蓝的，金色的落下来

咒语落下来

深渊中避难的蚁穴和蛇洞落下来

千万只蜜蜂飞过头顶，一声尖叫落下来

我呵出的谦卑与荣耀，在驰骋

在西北的大漠中落下来

我体内生长的光线，落下来——

我抱住的一把虚荣，落下来——

这些影子又将重逢

这些干枯的栀子又被插入瓶中

这是一朵骄傲的玫瑰，又在凋落

这些水中的灌木又有了绝好的去处

这些信中的白首不相离，又被世人佐证

这些无数的深情，又开始燃烧

又被运用到人间之爱

又再次让一个绝望之人回到起点

这些白色的孤独，又迎来晚年

这些无用的爱和赞美，又一次靠近

这些诗句茫然又惊险

我又令这些明艳的汉字变得沉默

沉睡

我睡在光阴的尽头，月亮的里面——

春日迟迟，我睡在枣树弯曲的

影子里。睡，让我踏实

让我在顶楼的喧嚣中变得平静

睡，让一个人接受了所有

我睡在花蕊里，河床上

我想过一个人睡在荒原

没有水和电，没有交流

没有思想和一句可读的诗句

裸露所有的圣洁

我就睡在这里，光阴慢慢

学着奉献，学着告别

学着把自己埋进深山和秀色

我睡在尘世的一张木床上

和所有人一样，睡在人间的山水里

我也会想，一个人躺在漆黑中

雪落下来，尘土飘过来……

一个人，沉沉地，寒鸦飞过山头

预言

在被忽略的地域，你不断地挣扎
是慵懒使你对世界充满歉意
因为生活中缺少忐忑
你对黑暗和残缺持有频繁地赞美
你渴望灵魂的暴力

当一池潭水渗漏——
你将咒语领进硝烟弥漫之地

在人间

我在人间受伤了，整个世界跟我

一起接受阿司匹林的治疗

我在人间受伤了

整个世界跟我一起休克在山丘和沼泽

这些药片被灌进我的五脏六腑

和世界的疮痍之地

这些针管对准我的真知灼见

对准我灵魂里最小的细胞

整个世界跟我一起受伤了

受伤了，就地动山摇

受伤了，就黯然神伤

受伤了，就谁也不认识谁

受伤了，整个世界跟我一起受伤

我们重新走过荒野和孤寂

没有人能治愈结痂的枝叶

没有人能原谅苦难的吟哦

你停下来，听外面急促的雨

多像两个人拥抱时的心跳

壮烈、璀璨，有一阵阵的惊喜

你停下来，让两个影子慢慢重合

交融，在现代社会互通有无

你停下来，别再走远

近一点，就可以握住晃动的光

你停下来，我介意艰辛和距离

我介意奋力时，沉重的喘息

你停下来，坐在水中央

一群鱼游过来

我也游过来

文字里着火

我允许文字里着火，充满险情
诗人像野蛮人，小说家机关算尽

我允许文字里埋伏着子弹、火药
一切可以致命的，包括毒气

我允许文字没有温度，爱和恨
没有一种情感让它死去活来

我允许文字里的陌生与冷淡
像冰河上停留的车马

我允许文字里着火，烧掉
厢房里亡人的钟表和碗筷

也烧掉虫鸣和低垂的柳叶
我逐渐收紧的欲望之罪

空地

身体里的一小块空地
用来种桑葚和胡麻，再腾出
一小块空地，用来养一把秀丽的琴
每个黄昏，你轻拢慢捻抹复挑
阅金经，芙蓉水上
涟漪便从湖中深处来

此时山中，水中，大石中
流水从天上来
莲花怒放
身体里的一小块空地
有一片桑麻，在持续地燃烧

秀色可餐

如果说起落魄的早年，我更愿接受

针线穿过肉体、钉子砸进骨头的疼痛

如果可以重回起点，我更愿

拿一朵朵的云去缝补大片的空白

——被敌人挖好的洞穴

如果十万只流萤能照见深渊里的绝望

我更愿历尽艰辛，为人间

为黑暗里暧昧的生灵

运来珍贵的雨露和山川的广阔

反省

你当然可以说不

说一些失去色泽的事物

说一朵玫瑰失去明艳的清晨

你当然可以逃离

可以向着荒漠或者贫瘠的山坡

你越是逃离，水仙越是单薄而孤独

你当然可以选择阒静的夜

可以一个人站在高处

遗忘、销毁、忏悔，对着死亡的人叹息

你当然要镇静

无数海浪翻滚在绵长的梦里

你有一把利刃，刺向敌人背部的骨头

致
生
活

我绝望

我兴奋

我对人世充满激情

生活的雨水灌溉我，也冲刷我

一段冷静的陈词使我体内的风帆向下启航

我敬生活的冷艳、黑暗和无力

也敬它四肢上生长的褐色苦果

漫长的黑夜给我认知

一次无休止的燃烧让我抱紧四散的灯火

致生活

致在低处和高处的生活

致我的未来，漫长的夏天，小提琴的午夜

无数次的悲欢让我的人生

如此平静，如此沉稳

我如此就迈过了生活的底部

草叶持续地燃烧，我继续走向深处

影子在火中发出微弱的碎裂声

灵魂升腾

此时的我无限地下沉

我越走越深，越走越痴迷于

潮湿和阴暗

在洞穴的深处，我遇见了战马的嘶鸣

贫瘠的月光和沉睡的半翅目

从石壁里传来的水莲盛开的声音

此时无声胜有声

我仰卧在青苔之上

我为寂静中的昏暗而狂喜

春天已平静

深省

即将归于平静

不和谐的事物也将终结

我每日戴着口罩穿梭于大街小巷

交换秘密和罪责

有时手中的斧头砍向自己

雷鸣在空中获得平静

当有人停下来整理体内的血液

我愿交出白骨，击碎灵魂中柔弱的光

难过

我为鹰的突然坠落而难过

我为风的暴戾而难过

我为长白山上负伤的母鹿而难过

我为村落的枯槁而难过

我为晨光中正在接受消融的雪而难过

我也为自己难过

长久以来，我从未获得先人的锋芒与理想

过往

有人在我的身上卸下鳞片

卸下粉艳艳的春天

有人在我的背部安插锁孔

堆放坚硬的石头

有人在我的脚下立下罪名

设下流沙

有人在我的一生过河拆桥

或落井下石

这些过往让我战栗

让我在颤抖中保持平静

空白场

　　　　一切都是子虚乌有，一切都在澄净的

　　在民族信仰里，如果雨水正在浸泡一颗熟透的果子

　　　　　　如果楸树染黄更大的沼泽

　　　　　　在层层流云的浩荡里，秋天奔向

　　衰败的早晨，一只娇弱的苍鹭飞过水池

　　　　　空落落的天地间，只有寂静露出

　　　　　　　　神秘莫测的样子

　　　　只有野草呈现无辜又娇羞的样子

　　　　　　我总是试图描绘生活的样子

　　　　　　　　却总是被拒绝

　　　　　我还是找不到一个恰当的词

　　　　　　来涂鸦人世的留白

诗中

我把这些艳丽的、阴郁的、抽象的
还未饱满的句子，放在大地上

我要给这些句子施肥浇水
我要找出幼小的害虫

我要给这些句子遮风避雨
我要用珍贵的物什防晒

我要给这些句子修枝剪叶
我要准备好名贵的药材

我要给这些句子取芳名、论婚嫁
像一位母亲思前想后

我还要为这些句子患得患失
让它们接受人间的真理

炉火

我喜爱炉火旺盛的声音

比如现在，木炭在灶膛里燃烧

煤火在铁炉里燃烧

一颗火辣辣的心在雪地里燃烧

它们一边燃烧，一边整理着衣冠

十月，我也将拥有空中的绝响

像秋天那样辉煌，像落叶那般坠落
十月，高阳明照，辽阔不属于我

大地的凄凉
我们每个人都渺小如粒

十月，我一个人坐在苍凉的谷地
任凭渺渺星河
将我带回冬日的旷野

天地浩大
我只照看这些小花小草
一些平静的云

终于写出了一首诗

它有点潮湿绝望，有点意味深长

有点像困倦中疲惫的自己

坚持熬长长的夜

终于写出了另一个自己

掩藏所有的罪行

终于写出了一个人的喧嚣

和生活的哑口无言

终于在一首诗中种满柑橘

我也想在秋天收获

金色的果子

空空

我抱住空空的原野

像抱住你，枝茎发着光

当我抱住屋檐上的落日

当我抱住指尖上的一束光、一滴泪

当我抱住你们

你们所有的希望

当我无数次回望，抱住海的呜咽

像抱住一个正在尖叫的人

一个浑身长满苔藓的人

当我抱住寂寥和无边的萧瑟

抱住一阵风、一场雪

抱住一座生病的村庄

像抱住你，我惧怕着寻找光明和永恒

我开始获得一种歌声

从某种不曾辨识的内容里

画像，古绢，雕刻器物，都将呈现荣光的一面

我开始沉思：白色的雾气

穿过雷霆的闪电

一支含苞的郁金香

我开始收集雨

以及被浸泡的有害思想

辑

二

———

——

—

你　必　须　如　火　球

献词

这杯必将举过我们的头颅

敬宁静，永恒，璀璨，一种洁净

和体内的辽阔

敬尘埃中的短暂和永恒

马蹄踏过月光

我尝试用无尽的哭泣

赞美你歌声中涌动的惊喜

我尝试在暴风骤雨中

拾取翠绿的影子

和一个干瘪的自己

献给你，和你的人民

为了爱你

为了爱你，我在体内豢养虎、豹子

一种邪气也开始滋生

我努力做好沉默的准备

我喝掉很多盐水

如果可以慢一点，我还要

在体内豢养更多的生灵

比如，我们一直追逐的鹰

它飞行的速度超越了云

也超越了几条河流

它开始慢下来，为了爱你

我豢养了更多的情绪

我背叛了一片森林

我违背了秩序

在村庄，我伤害了无辜的人

踩死了很多只蚂蚁

为了爱你，我在体内栽种罂粟

和更多有毒的植物

我做了很多危险的事情

为了爱你，我身上的火

险些烧掉整个春天

你的名字

我在慢慢长夜默念你的名字

晚风击打着墙壁和院落

我已像陌生人，厌弃你

忘记你——

我默念你的名字

在南方的某个港湾，在北方的某片稻田

你的名字，在内心的丘陵中

我默念，却说不出你的沧桑

晚风急躁且张扬，笼盖四野

我站在寥寥的夜空下

唯有空落落的身体

唯有瑟瑟发抖的灵魂

雅歌

向你献出体内最柔软的部分

火苗在灵魂中旺盛

我哑默的借口，被和盘托出的全部秘密

向你献出池水中温热的莲花

我将不是我，而你，会持续盛开

小妖精

我要扮成小妖精，引诱你

用细小的爪，勾住你

用舌，圈住你

如果你上瘾，我再用腰缠住你

死死不放

我是你的小妖精，在山谷

我谁也不信，只信你

你说小妖精是媚的，她就媚

你说小妖精是妖的，她就妖

你说小妖精有毒，会使美人计

她就雀跃、欢喜……

当你中毒愈深时，小妖精就是药

汤药中药、泻火的药、解毒的药，良药苦口

都要喂你一一吃下

你必须如火球

一盏一盏，一束一束，米粒
一样的微光。你要
顺从它，牵引它，鼓动它
用一小撮力量敲它进入
我的体内

有时我需要你完成某个动作
可能是挪动一朵云
可能是销毁一片桑麻地
可能是此时，你必须
站在我的面前

如火球，发出万丈的光
你必须

给你的

我给你的，只在拳头大小的地方

我给你的白昼与黑夜，无关与有关

我给你的接二连三的分别

我给你的惊慌与焦虑

数不尽的小心思、小情绪和小心机

你都一一接受

我翻遍词典，给你最华丽的赞美

我把世间唯一的颂词读给你听

唯一的风光霁月

这是迷醉的一天，我把一切都给你

瓶中的水，水中的药，药里的晴川与白鹤

我给你的，在萍水相逢中

我给你的错觉

在久别重逢中

我给你的褐色的喘息

略带危险的敌意

我给你的爱意生满刺和锈

我给你的灵魂的嘉许，蓄满雨和雾

当你在湖中生出漂亮的叶子

我曾给过你最小的惊悸

—— 一盏酥油灯微弱的火苗

—— 一束霞光中短暂的重叠

我给过你的病入膏肓

和渐退的马蹄

一炷香在努力地燃烧，努力地灭亡

我给过你的上帝匆匆吻过的疲惫

欲

让人缠绵

让人死里逃生

让人忘记干净的思想

和漂亮的表现方式

让人冥思苦想

让人痛不欲生

让人走不出沙漠和荆棘

废墟里满是风化的颅骨

让人生津

让人欢喜

让人迷失

在命中染上不治之症

让人越陷越深

让人一错再错

让人抑郁、疯狂、自大

在高举的罂粟中重生

给你写信

给你写信，盗用山水之名

写长长的道路

写暴风雨突来的前夜

写村庄漫长的消亡史

这是第一封

蘸着紫罗兰的芬芳

写一个人站在秋霞里

摘取一片雨后的枫叶递给黑夜

这是第二封

要装满盛开的牡丹

和白桃子的夏天，要装满整个秋天

和冬天，我在它们中间来回地奔走

这是第三封

羊蹄甲凋零，深秋已高远

像一切都是虚无，像我从没有来过

而天地从此浩荡

请爱我灵魂的疲惫

请你在睡梦中醒来——

摇醒熟睡的人

今夜无眠，让他们记忆苏醒

请你把西拉木伦河的水光披在我身

这水光有绵密的针尖

请你带着悠悠白云来看我

让白云和草原有短暂的相逢

请你像我一样，有点欢喜，有点绝望

请你也为凌霄花守夜

我想请花汁爱恋人间

请爱我，并接受我灵魂的疲惫

我在唤你，隔着一束芦苇和一粒沙

我在拉你，用全部的爱和伎俩

每一次挨着你，我都要沉睡

我都要为草木修枝剪叶

每一次，我都要整理好明媚和未知

好好地再爱你一遍

你注意到斑鸠和麻雀的同行

你不断地说起伯牙和子期的相交

你知道我在山谷的后面

拾来高高在上的闪电

和低低在下的绝望

我在想你，用世间的生死茫茫

我有刹那的想象

打开你霞光般的心事

行路

在村庄的路口，它们如此厌弃
自己，柿子树上的枯叶子
被烈火包围的雪
月亮正从黄昏中升起来
一个果子开始了它的腐烂过程

此时，乌鸦飞离枝头，鸽子归巢
天空和大地全都静止下来，我们穿过
明净的流水，走向月光的
隐居深处

夜坐

你不用开口，这样坐着
你继续等待晨曦，等待傍晚
还有无数星辰

你只需这样坐着
在江南水乡的寂静中，你继续爱着
等着，犹豫着，一个人
给出的歉意

你就这样坐着
无需语言、表情和思想
是你将在此时穿过云雾的笼罩
来到草原的尽头坐着
陪悠悠天地

辑二

雨水从心中落，如瀑

如山林小兽跑上明月的台阶

三月的阳光照彻我的芬芳

所有的日子都清澈

保加利亚的玫瑰，果酱的清晨

江南又见美人

我从不告诉你

樱桃的双唇，白鹤的湖泊

以及我目力所及的遥远的满月的清辉

它们正安静地行走

向着人群拥蚕的光

两个铜牒指向我，有群山为证，有七颗星

围绕云雾散去的地方，立字为据

风声为信，闪电为瓶中信

为了足够的美，我选择摘除残缺的部分

我选择重新解读真理，赞美

过期失效的事物

尖叫穿过灌木丛

鸦鹊在高原上扑棱着羽翅

唯有两个铜牒在空中

在一阵细密的雨中

在一封来自呼伦贝尔的信件中

急急地呼救

绕过山路和古旧的村庄，在南国的

水湾里迫切地自救

两个铜牒撞击损毁，被无声的暴雨

沉思

不是你不知，而是

我不言，在沉默中炸裂的凌霄花

在棺木中轮回的亡灵

万物趋向苦涩的黎明

你沉重的影子，总误入莲花的深处

我阅读你丰盛的晚年

你一生中起伏的群山

和陌生人的赞美

在某段语义中，我阅读你的平仄

和高音，以及偶尔沮丧的神情

我越来越爱你眉间的山河和心中的沟壑

以及你身后的风雨

阅读你，犹如奔赴

要流汗、亢奋、不分昼夜

并对衰老保持敬畏之心

我阅读你，你的青春，笔记，奔波

和你发言时的尾音

我阅读你，有山有水有明月和金雀

有一个庞大的江湖从我的生命里旁逸斜出

秘密

我爱你，在一滴水中

在一滴水的全部秘密里

这秘密柔软、猛烈，带着冒犯的惊喜

这秘密正被你命名、收割

被你缓慢地放进秋日的底部

我爱你，在纷至沓来的人群中

茫茫——

涩涩——

像无数颗星子，像海的女儿

今夜，清雪落满稻田

我们想起彼此，寒鸦归来

我们抱紧彼此，白荻迎着高阳

深秋在稻田里放肆地明亮

写一场浩瀚的雪

一场兵临城下，和我们疲惫而归的战役

我时常在古代

忍受赤足、流放和饥荒

忍受巨大的声响在胸膛结出冰霜

我站着，在画中

我惊讶黑暗给予夜空的惊喜

我把苍茫和辽阔指给天地

我可以站在茫茫荒原上

练习疲惫和战栗

可以一个人练习苍穹的广阔

一个趔趄的清晨

在你口中不断说出的谎言

它开始结果

它开始变换花样

并不断催促折损的枝叶

它拒绝两个陌生人为自由而脚踩泥浆

它拒绝不完整的和谐

在你口中不断说出的谎言

它来到瓦匠的面前

说着房屋漏雨的霉运

以及一个趔趄的清晨

我多该想起你，灵魂深处的羞涩里

两种不同的力相撞在一起

那有可能是我的反面

黑色的，滚圆形，无休无止地缠绕

也可能是我们错过了美妙的时辰

黄昏突然向后移动

我想起你，一个伟大的人

一个手握烟斗，喜欢在阳台前吸烟的人

现在两种相向的力撞在一起

像瓷器那样破碎

像星星那样逃逸

我多该想起你，让我一说起你的名字

就激动地撕扯明月里的岁月

就陷入疯狂的原罪里

绿叶嵌进生活

这碧绿的叶子将嵌进

你的生活，你波澜不惊的梦

天空一样的广阔，比海更蓝的深邃

在一个人的午后，这碧绿的叶子正在

嵌进你的深处

更深的思想与尖锐

这绿叶将在清晨带着露珠

嵌进你疲惫的内心，以及有光的底部

晚秋

阳光从树叶里漏下来

你多想把这些黄叶子搂在怀里

像抱住一束光

秋天的芦苇飞在空中，一束晚樱

开在昏暗的卧室

紧张和萧瑟跟着蝴蝶兰开得旺盛

你多想把这些凋零的晚秋

留在初冬的小雪里

群芳随着你的乳名开向天明

高举的光辉

或者，你什么都不说

我内心的波澜和肉体的饥荒

或者，你走在起伏的

光斑照射的影子上

歌声从山间传来

你将松树的枝叶举在了

地球的前端

我悄悄地挖深沉的影子

和暗地里的疾苦

我挖泥土里的幻觉和更深的月色

林荫下，我只是跨过斑马线

去摘取发霉的果子

我只是在一望无际的水面写你的名字

一遍，两遍，三遍……

第九遍在涛声里

第十遍在鸥鸟惊飞的鸣叫中

与万物对望

天地在沉沦，万物在陷落

我只是把光藏在斧子中

当它劈开雷鸣和悠悠天地

他
物

为这短暂的相逢，你将炉火、枯枝、残月

和你一生挚爱的滩涂和海浪堆于胸前

你用松花酿酒，春水煎茶

以此用尽人世的离况

为这短暂的月明星稀，你周而复始

将平原、远山、逼仄的流水

放于身旁，你喜欢的姑娘

你钟情的人事，纷纷下坠的雪花

陆地、沼泽和来不及掩饰的泪水

都因你而来

为了这短暂的相逢，你在天地间回旋

像在秋风中奔波的落叶

像突然坠地却无人捡拾的白果

远树

你必须魔突

你必须一直绿着

我这样要求你，必须在阴雨后

成为我体内茂盛的青苔

你必须斑驳，在树影下猛烈地撞击

我还在要求你，请你抱起我

凌空，飞翔——

让我日夜深爱，且沉醉

我成为过你

我成为过你

我成为过你喜欢的样子，你的牙齿、指甲

晨风中颤抖的惊喜

我成为过你绝望的理由

一小块疤

一片黑暗中的沟

一种旷日持久的衰败，一次寥落的存在

长时间以来，我成为过一个诗人

爱着远方的哲学

我成为过你，在失修的路基上醉意沉沉

我成为过一小块冰

在极寒之地练习生长

当我再次成为你，成为你的瞬间或永恒

我是凋零的桔梗，我是分娩的罂粟

辑

三

我们将顺新年

的 第 一 缕 光

五月，广州

慢慢，温吞

含蓄中带着优雅的醉意

五月在野，晚霞孕育光明

五月的天空炸裂

铁树开花

诗人坐在水莲的芬芳中尖叫

小说家向空中抛掷虚弱的果子

五月的黄昏按住流水的湍急

澄净、内敛、精巧……

深度节制

我的苍鹭美若黎明，请打碎我撕裂我

幽暗中，我唯一涌动的激情

在寂静的火苗前熊熊燃烧

新岁丑时，给弟弟

酒杯碰撞，鞭炮在耳

天地万物都在祥和中回到

万家灯火的丑时

你从未在松枝的顶端穿过苍穹的不朽

你从未向谁描述过内心的简陋

这新年的第一次赞美，紧贴着你

你在房间里走动

你敲击着静谧的窗子

以手中烟蒂的火苗

用你最后的思想

我们将顺了新年的第一缕光

并问候了破五的生辰

小时候，我们总会高声颂读你的诗句

那震撼的力量穿墙凿壁，在空中回响

在我们内心的长河里波涛汹涌

长大后，我们总会一遍遍

质问苍穹

质问自己

为什么我们也这样热爱这片土地

再后来，我们不断地在文字中

看见十三年前你种下的紫玉兰

那艳丽如同你的一生

光芒万丈

却也颠沛流离

在全部的诗篇里，我们看见了

你的疼痛，你的铿锵

在历代的星辰中

在我们璀璨的文学中

如同赞歌

我们在纸上画两个棺椁

挨着，不长草木

然后我们躺进去

没有声音

没有爱

自由随之而来

每逢春天，我们都这样

画两个棺椁

在旷野，在湖面，在星宿的光芒里

我们躺在里面，紧闭双唇

还有你昨夜赶路时，粘着泥巴的双脚

最亮的光

躺着，闭着眼和嘴。这世界从未

放弃原有的惊涛和浩瀚

风折回沟壑

雨退回江河

我们拒绝孤独

我们拒绝奉献

一场虚构的大雪足够覆盖我们

出发前盛大的欲望

我们是何时从祖先的足迹中

获取了人世

最亮的光

跑过河岸，呈现我的圆，我的方

我刚正不阿时，泪水轻轻颤动

像你方才畏惧前方时伸出的双手

全力接住骤降的暴雨

我哑语，拒绝，焚毁，在消隐的

过程中挚爱真理和恒常

我也惧怕地球的反叛

当我小心翼翼地走在河流的前方

我走出了命运的谴责

瘦弱花枝

当我们爱上危险的植物

一阵漏风的雨洒进来

只有这样

阳光斜斜地照在破旧的卡车上

一个人拉着皮箱在大海上看雪或捞月

我们搬一颗星星坐下来

在钟声中沉默

在祈祷中沉默

在钉子被敲进石头时沉默

我们互不迁就，互不垂怜于瘦弱的花枝

定律

要爱，就到肉体的深处
爱它生刺的部分，有毒的部分

要逃，就到灵魂的海面
逃出波涛和每一次蓝光的反射

要忍，就到苦难的尽头
忍住最后的枪声，唯一的命令

要赏，就到花好月圆的夜色里
赏天地以良辰美景，赏人间以万物芬芳

要写，就到每一行诗里
写它们的花前月下和生死疲劳

辑
三

我这样写着……在一片废墟里

在虚妄的言辞里，在小提琴被拉起的冬夜

我这样写下每一张脸

每一处重生的叶子

一种绝望的爱被我写出来

我这样写着……在一个人的内部

在湖水干涸的瞬间，在一些灰烬里

我这样写着不确切的人生

教堂传来忏悔的钟声

我这样写着……在我们互不相认

在秃鹰被猎枪击落，在我们相互亏欠的时候

我这样写着不被认可的存在

——某日某夜

菩萨疼爱我的时日

我阅读你，隔着世纪和语言

这并不重要，策兰先生

纸张上的十万灯光，纸张上的雪

被火熏烤的思想，和你的灌木丛

在午夜充满了德语

这疼痛难忍，这诗

围绕闪电

我围绕你

我阅读你，废墟上的高潮

我将获得你的歌声——

全部宇宙的晶体

窗
外

窗外有低沉的阴云，干瘪的枝干

一场立春后的皑皑白雪

——包围牧场的低音

窗外有什么？寂静中的寂静

镐头劈开残冰和木桩

铡草机呼啸

窗外有瓦片掉落，有铁桶在翻滚

裂冰再次缝合伤口

太阳落在西山，敲击着谷物

窗外有什么？无非是牧场铺上了白毯

无非是我伸出手，抓住的一片祥和

和一把空缺

他们歌唱时

我停下来，潮水蓄满耳朵，百鸟高飞

我指引幼小的蜻蜓飞出玻璃

我将手伸过云朵，感受洁白

他们歌唱时，带着金色的麦浪

一下下高出山峦

他们歌唱时的表情

地动山摇，这嗓音和情感

我知道他们歌唱时，无依无靠

当他们倚在秋风中歌唱，不知疲惫

一群老人在歌唱

他们歌唱时，嗓音上扬

他们无比热爱此时的样子

当我在湖边停下来，他们歌唱

银杏叶在地面上堆积丰盛的晚年

辑三

119

如同花瓣

人们停下来，等待指责

我手里的烛火也停下来

光，越来越弱，越来越暗

像无力的孩子

像人类，那样死去

人们不知疲惫，越陷越深

我也在沼泽中挣扎

无辜的人，无法自拔

像煤油灯枯竭

像爱人一样死去

人们颤抖，在忏悔中救赎

我也会变成圣徒

我笃信的命运

像花瓣般绚烂

像花瓣般凋零

新年快乐

如你所愿，如我所愿

花枝持续地伸展

琉璃闪着残缺的光

我们都将安静下来，雪花堆积路面

水莲高于池岸

孤独的人拥有长足的睡眠

交欢的雀鸟拥有深情的歌喉

那些飘来的事物也将

拥有沉静的叹息和闪亮的烟蒂

雨
疏
风
骤

我们必然要活着，将错就错

跨过苦荞的种植地，越过

敌人的沼泽

我们——

必然要像乌桕

像一种曲调，活在魏晋的笙歌里

我们必然要活着

在楚辞汉赋的花枝和河流里，饮佳酿

然后卧倒在人世的山泉间

听雨疏风骤

听黎明破晓时，黄金卷地的巨响

亲人

即便在南方，我的亲人也与我同在
有时，他们在我困乏的夜晚
伸出一双手，抱住我全部的孤独
有时，他们在我负伤的诗行里
包容我紧张时，说出的所有谎言
他们在我的生命中
为我寻找朴素的真理
为我承担所有的罪责

他们在我的灵魂深处与我同在
听这尘世间沉静的祈祷

鹰在飞

我珍藏的辽阔在天上，鹰在飞

我喜爱的植物在树下，鹰在飞

一些花开在半空，鹰在飞

一些风停在半空，鹰在飞

鹰飞在萧瑟的秋天，飞在绝望的秋天

那些鹰，在寒冷中尖叫

鹰在飞，霜将人间染白

鹰在飞，人将人埋进泥土

鹰，飞过千山万水

飞过一个人穷困潦倒的一生

信任

要相信阳光照着洁净的部分

也照着泥泞和褶皱的部分

要相信，有人每日向天空和大地弯腰

也向灵魂中柔软的部分低头

要在雅鲁藏布江峡谷的拐弯处

原谅因不适应高寒而死去的植物

要在黄河流经的高原上

接受尘土的暴力

要像僧人，潜心向佛

要准备好刀枪，抵御敌人的侵犯

此刻你站在茫茫的秋风中却

相信大地永恒的安宁

山川有可依，我们都在静默生长

三月哀歌

三月，一切的美如期而至

纷至沓来的滴露、燕雀、湖边清凉的风

三月有明媚的嗓子和清澈的眸子

一个苦杏散出涩涩的香

三月，空气清爽

跟去年的和前年的没什么不同

一个人搀扶另一个人走在回家的路上

一瓶绿萝跌入云中

三月，泪水全无

三月，有人坐在人世的中间

描绘的山河和草绿，它们一边哭泣一边明亮

绿色的瓶中的信仰——风中的玫瑰

水井中的骄矜的褐色栏杆——骨间的牢笼

你在人间哑然，在羊群中

拾捡干枯的花枝和烈火焚烧的石子

此刻，你站在丘陵，古国的腹地

此刻，神圣的誓言，被摧毁的容颜

勇者从不说出的秘密

后人永不忘记的祖训

玫瑰和百合同时绽放，一个是你

一个是我——两种相向的事物

它们各自生活

各自向传说中的黑鹰抖动翅膀

回忆

灰鹨和秃鹫突然飞走

夜幕下，我一遍遍地抚摸嘎查

日渐衰落的影子

我一遍遍地掰着手指，数枝头明灭的星子

它们在荒原上闪烁

夜风吹过贫瘠，吹过千树万树

我一遍遍寻找体内的空地

分别种上稻草、荆棘和一棵洋槐

皲裂的手伸向深处

我又一一感受到了细小的植物

在我体内猛烈地摇曳

更新自己就是在沙中翻炒自己

一次次把叶子炒翠，把根茎炒软

用旺火和慢火来回地炒，就像

不好的事情反复发生

十年，卡车拖着疲惫的冬天走向春天

而我，继续向南

向着港湾

向着河流生长的方向

十年中，我的焰火之心还在生长

还在翠绿的光中聚集燃烧

欧木伦河的冬天

数一数支流，写出它们好看的腰身

把它们的弯曲、倒影和扬眉

写在落雪的屋檐上

写每个牧羊人的名字，在河面

在欧木伦河的夜里，写下每一棵树

每一株草，每一只分娩的羔羊

当两条河流置换命运，我找来枯枝

铁锅和煤炭，我想写火焰

照亮整个河畔，我想写

男人的口哨，女人的红珊瑚

我写诗，一首接着一首，像马蹄踢踏

像男人扬鞭时响亮的声音

在欧木伦河的冬天，我写下

一颗菩萨心，保佑每一朵冰花

我写诗，把欧木伦河的骨骼

血液和灵魂，一起写进腊月

写进蒙地的辽阔和雄鹰的天空

我把它们写进落日的归途

一面清癯的影子

一道瘦弱的光

在北山的干瘪道路上，过不去的炊烟

跟随我迈过一根颓废的稗草

室内的水仙开得灿烂，暴风雪爬过穷人的墓碑

窗花上的水珠跟随我向前伸展

刀落在砧板上，一阵细碎声

跟随我在楼道中消失

二月，我从外面赶回

激情跟随我

疲惫跟随我

暖气里沸腾的水跟随我

当我躺在床上，一种忽来的善意，跟随我

岛中洞头

许多海水击打着夜晚

许多海水流入宁静的底部

我沉浸在车子疾驰时四处无人的街道上

一场暴雨过后，夜陷入更深的沉默

这些渐次生长的小陀螺、小野贝、小浪花

在沙滩上不停地张望

这些赤脚奔跑的孩子，这些成年人

他们在人间长情，在海风中拥抱亲吻

他们将爱意送给碧波涌动的早晨

在洞头的海岸边，潮汐有深情的嗓音

在花田花地，诗人有生动的朗诵

在望海楼，镜头里有渔家的贝雕

在洞头，我们有岛中深处的

日与夜，我们有相逢，有美酒

有整夜的交谈和不眠……

　　　　让我站在秋风的浩荡中，感受
　　　　命运给予西湖月夜的静默
　　让我立于月下，接受命运的鞭笞与再教育

　　　　如同在梦中，有人从怀里扬起波涛
　　　　和烈焰，有人持续地为路人指点迷津
　　　　　还有人因为薄雾的清晨
　　　　　而笃定唇齿间无声的颤抖

　　　　让我交出此生的爱与惊喜
　　　　奉给天地神明，奉给内心的宗教
　　　　前方的人群，手捧黎明——
　　我分明看见他们起落的高音，和起伏的一生
　　　　他们持续的惊叹并隐秘的疼痛

四月，在宝安

我们安静地绘着：一只，两只，三只

你们小心地数着：一束，两束，三束

我们用针，绣溪谷里错落的桫椤

你们用坝，演绎英雄山上樟树和土沉香的爱情

我们抚摸白头鸭繁衍时灰褐的羽毛

你们打量芒鼠哺乳时细小的龋齿

我们来自傈僳、拉祜、东乡、布依、朝鲜…

你们来自神明的故乡

我们在宝安祭拜妈祖

你们继续赢得安拉和耶稣的加持

四月，我们在宝安穿过长长的街道

你们在暴雨中穿过雷鸣和闪电

我们——

你们拥有闪烁的黎明

千金

平静心中的波涛，从千金找出我内心

缺失的部分，热爱的部分，以及

潮湿、羞涩、不断修整的部分

是古代的城墙和完整的湿地

是花海中涌动的激情突然间喷薄

千金，我喜欢她的名字

她平静地呼吸，平静地生存

我喜欢她如此平静，像安详的老人

沉睡的森林，像被热望的王朝和花火

我喜欢她不带声色的脆响

从容地生长——

几代星光，略带惊叹

我喜欢在她漫长的历史中行走

从宋朝走向清朝，从一座古镇走向

深秋的辽阔

在千金的每一个拐弯处，我一边
追赶喧嚣的花海，一边寻找体内的光斑

辑
三

十月，冲胡勒

十月，天空辽阔，大地微醺

曲柳慢生，在近处

黄榆慢生，在远处

沿着嘎达梅林小路一直走

像进入江河，层林尽染如同海浪击打

我的神经、肌肤和内心的火焰

此时，芍兰开在我怀里

此时，草地明艳，我抱住乔灌的全部葳蕤

在小青湖的水面上，紫椴凋零

黄昏垂着柔顺的羽毛

沙漠中的晚风愈加深情而娇羞

静夜于辽阔中躺在牧场上

十月，在冲胡勒

有人热爱这夏天，而秋天即将到来

我将手捧北方的无垠祭献天地

在水榭、长廊，那装满琴音的民宅
潭中的盛景，载着花瓣的涟漪
还有你的操琴之地

站在小巷中，迈过春秋的浩荡
你走在其中，这来自江南的美人
多情的佳音

乐荫园内的芭蕉挨着黄昏
丹桂必然飘香
众人握紧晚霞，立于桥头

太仓沙溪已进入更沉静的时辰
白墙黛瓦，临水小楼，也都安静下来
唯有暮色陷入诗意的陡峭

金仓湖之歌

如果爱，就爱金仓湖上的碧波

爱它的蓝，甚于天空的清澈和苍鹭的美

如果爱，就爱金仓湖上娇柔的风声

爱它的悠然

爱它吹着历代的芳华

如果爱，就爱金仓湖上的日日夜夜

那些星光、草坪和音乐

那些石坡上的冲蚀

被众人艳羡的美

如果爱，就呈现金仓湖

连夜的骤雨，平静小屋里温暖的烛光

让它热烈、沉醉，且唯一

1

绿色的、广袤的、湛蓝的——
当我用这些词去描绘
我的故乡——乌兰哈达
草原上的城
我内心的澎湃之音与骄傲之音

2

当贡格尔草原上升起不落的太阳
当达里诺尔湖挽住夏日的黄昏
当阿斯哈图石林的流水饱经风霜
当我一个人站在苍穹之下
体悟这空旷、无垠和人间的浩荡

3

那一刻，我感受到了

山河的秀丽，民族的风采和祖国的巍峨

那一刻，天地寂静，只有羊群和马匹

于岸边行走，只有我

一个人在春风中用力地疾行

4

只有我在蒙地的蔚蓝中歌唱

马头琴在牧场绝响

长调在心中高亢

金露梅在我的体内生猛地艳丽

是呼和格日苏木的勒勒车载我走向高处

5

是牧场的族人让我拥有朴素的力量

是那达慕会场上冲刺的马驹

让我在人群中顶天立地

抚摸它赛场的戾气

是它教会我在赛道上的从容和倔强

6

我在五月回到乌兰哈达

我永远的故乡

夜风依旧刺骨

像是小时候，我跟在母亲的后面

任凭北风吹刮我的哭声

7

在赤峰，我写下这些麦穗和风声

我用巨大的体力抱住

所有的草木和全部的恩情

我的河流，我的春秋

我命运里无休止地跌宕与惦念

辑
三

8

我还爱着故乡

消瘦的，安宁的，在时光深处

慢慢衰老的，极容易满足的

黎明中草叶枯荣的一生

我热爱它们宿命中跌宕的轮回

9

我热爱它们落叶归根的结局

我还爱着深秋的稻穗

漫长冬日的炉火

一个夏日短暂而羞涩的傍晚

我还爱着那个春天，青青牧场里的亲人

10

我还热爱草原的晚霞

大片的云朵，一条即将干涸的河流

在科尔沁草原，在西拉木伦河的上游

我热爱这些雄鹰，这些牛群

这些被我一一说出名字的马匹

11

我在心中勾勒故乡的轮廓

每一笔都具体

每一句都生动

在全部的爱的赞歌里

我是故乡秋日午后低眉的小叶杨

12

是美的，是好的，是明亮的，是热泪盈眶的

乌拉哈达——

我该用什么歌颂

霞光一样的天宇，烈焰一样的四季

我生命的二分之一早已缀满草绿色的草木

在陈毅故居

桂树和翠竹葱郁，你青铜色的脸

鏖战四起，你腰间的紫竹林

被人景仰的四十公顷故居

你的灵魂矗立

在陈毅故居，我感受着

热烈的火焰

围绕着你的谋略燃烧

我感受着，园林、风光和文物

围绕着你，举着高高的旗帜

红色的，向我昭示

一个军事家的伟略和春秋

我行走，在你的乐至

在你春秋浩荡的璀璨和辉煌中

云杉林突然拥有了原野茫茫

八月的贡格尔，我俯身捡拾玉石

水里的雁鹜会发出骏马的嘶鸣

在查干突河的上游，我一定

爱过那个顶碗的少年

英雄也不问出处

我一定要为河流请来

篝火和音乐，为这空旷之美

请来喧嚣的人群

我和我的族人站在炊烟升起的渡口

碧草连着天，我们牵着群羊

和箭镞，为一种色泽

为人世中平凡的草木

无限地沉沦……

今夜，我在家乡

九月初的赤峰，夜凉了，需要被子

外套、长裤和一杯热水

中秋的月光提前照进我的房间

落在干净的地板上

没有任何声音惊醒我的亲人

关于我在牧场放生的

一窝蚂蚁，不知它们是否

准备冬眠，是否像我

因为明天的离开而彻夜难眠

还是正在昼夜兼程地搬家

搬走卵、幼蚁和粮食

一想到它们弱小的力量，我就羞愧

其实，我多想加入它们的队伍

将这里一起搬走

我
不
是
你
的
灌
木
丛

附录1：

满族诗人安然诗歌的离散书写
及其文化叙事

董迎春　覃　才

　　在近年的中国当代诗坛中，八零后满族女性诗人安然越来越受到关注和肯定。安然在西南大学读本科时就开始创作、发表诗歌，近年来更是不断在《人民文学》《诗刊》《民族文学》《扬子江诗刊》《草堂》等多家重要刊物上亮相，并且获得《草原》文学奖（2016－2017年）诗歌奖、名人堂·2018年度十大诗人奖、第四届中国天水·李杜诗歌奖新锐奖等奖项，出版有诗集《北京时间的背针》（四川文艺出版社，2018年）。华南师范大学硕士毕业后，安然考入花城出版社，担任图书的责任编辑，后调入《花城》编辑部。我们看到，作为具有满族族性身份的北方人（内蒙古赤峰人），南下求学之后，她一直生活在南方（现定居于广州）。安然从北到南的地理空间位移，外加独自身居现代城市的生活经历，使她形成了具有异乡漂泊特征的离散审美体验。这种建立在与民族传统文化相分离、相断裂，和与全球化、城市化的现代文化相冲突、相妥协之上的离散，既构成了安然审视民族身份、现代城市异乡人身份的直接诱因，又生成了安然具有民族性、地方性和文化性的诗歌写作空间。陈朴曾说："安然从小在草原长大，如今生活在繁华的南方城市，周围生活环境的巨大差异对安然的内心无疑形成了一种强大的冲撞。"[1] 这一概观看到了安然诗歌具有离散性的诗写空间和其相应的文化审美特征，是十分合宜的。

离散的诗写空间及其审美意味

离散（Diaspora，也译飞散、飞地、流散等）是一个既古老又现代的概念，它的希腊文词源意义是植物的花粉和种子散播开来或飞散出去。在古希腊时期，由于《旧约》中的离散一词主要指犹太人被迫离开家园、被奴役及流散世界各地的状况，古希腊人主要用离散"指当时的人口流动和殖民状况"[2]。在现代，由

① 陈朴：《在草原与城市的夹缝中寻找灵魂》，《信息时报》2019 年 1 月 14 日第 11 版。
② 赵一凡等编：《西方文论关键词》，北京：外语教学与研究出版社，2006 年，第 115 页。

于"当今世界上超过四分之三的人口及其生活是由殖民经历所塑造的"①，现代意义上的离散概念虽然与古代意义上的离散还有本质性的联系，但也已被重构和强化出多维度认知。也就是说，现代意义上的离散已从其原有的地理空间的离散，衍生出政治、民族、社会和文化等层面上的意义。基于离散的古代与现代意涵与二者的关联，作为一种认知和审美方式的离散概念，它的现代意义大致可归纳出三个：首先，某个民族或某个地域的人离开自己的出生地和故乡到异地或现代城市生活，成为一个深受故土文化影响的异乡人、城市人；其次，身处异地和现代城市当中，异地和现代城市的文化与离散者身上原有的民族文化和地域文化发生冲突，进而生成负面、否定的离散情感和离散文化；最后，经过冲突、适应、融合之后，民族文化、地域文化及离散文化再生出新的文化。② 这种文化再生，既构成一个离散者现实的生存状态，也生成其审美性的意义认知。

从发生学的角度看，我们不能否认"任何一个时代的写作者，或者同时代层面的一代人，都有特殊的

---

① ［澳大利亚］比尔·阿希克洛夫特，格瑞斯·格里菲斯，海伦·蒂芬：《逆写帝国：后殖民文学的理论与实践》，任一鸣译，北京：北京大学出版社，2014年，第1页。

② 赵一凡等编著：《西方文论关键词》，北京：外语教学与研究出版社，2006年，第115页。

诗歌'发生学'机制。"① 在当今全球化的时代，青年一代普遍化的城市漂泊、异乡离散经历，显然是构成青年一代诗人诗歌审美与诗歌写作的生成动因。在长达十年的时间内，安然的诗歌创作，一方面大致与其南下求学的离散经历重合，即基本是处于与出生地和故乡的离散状态之中；另一方面，作为少数民族诗人，安然离开自身的民族地域，只身居住在大城市，这种异乡人经历也让其诗歌的审美与表达在很大程度上进入关于民族、地域、故乡和城市的离散想象与书写维度之中。根据离散的现代审美表达具有的三个意义，安然的诗歌创作同样也具有这样的离散表达与诗写空间。

（一）从北到南过程的异乡人身份感知。安然是北方人，她南下求学、毕业后在广州工作和定居的经历，实际上是一个从北到南的离散性地理空间位移过程。这不仅影响了安然在现实当中为人处世的认知，还生成了她异乡人的情感与身份感知，并在她的诗歌写作中直接地体现出来。如在《在秋天，我是歉收的小女子》中，安然用"户口迁移"这一件事确认了她要离开家乡苏木，离开北方的事实："我不愿接受一些事

---

① 霍俊明：《一份提纲：关于 90 后诗歌或同代人写作》，《扬子江评论》2018 年第 3 期。

实，比如：/七月二十，我的户口离开苏木/我与亲人隔了诸多城市/要习惯粤语、回南天、七个月的炎热"①。南下之后，她在漂泊中时常想起北方："我在祖国的九月，在羊城/在大学城，用一支铅笔/素描北方"(《秋风颂》)②。长达十余年的南方生活经历，也让安然成为这个时代中"把异乡当故乡"的南方人。换言之，安然这些年从北方奔向南方的现实经历，显然在她这个北方人身上建构起异乡人的情感与身份："这些年，我意志坚定奔向南方/故乡的风凶猛彪悍，携沙带尘/在大牧场耀武扬威/牧民都怕它，我也怕/……起风了，在心中越刮越猛"(《起风了》)③。

（二）民族与地域文化的离散意指。在全球化的时代，人已作为一种资源，时常自发地发生空间性的流动。但现实的离散，在能够独立思考、有审美主体性的人身上，必将产生情感与审美上的影响与回响。由于人是一种"文化动物"④，现代离散的经历与体验，自然会在人身上产生文化的离散反应。这种文化离散

① 安然：《北京时间的背针》，成都：四川文艺出版社，2018年，第3页。

② 安然：《北京时间的背针》，成都：四川文艺出版社，2018年，第45页。

③ 安然：《北京时间的背针》，成都：四川文艺出版社，2018年，第5页。

④ 陈嘉映：《从感觉开始》，北京：华夏出版社，2018年，第188页。

的反应在具有少数民族身份的人身上往往是特别明显而强烈的。因为全球化的时代中，不仅地理空间的离散极容易让在外漂泊、打拼的具有少数民族身份的人，产生强烈的对本民族传统文化、原始文化的追忆与怀念之感，同时全球化作为一种激进、强势的现代文化，本身也对少数民族的传统文化产生直接的冲击、破坏和重构。对漂泊在外的具有少数民族身份的人而言，少数民族传统文化的式微、退化及消失危机，自然也构成他们身上挥之不去的离散。这一意义上，当今时代中的民族和地域文化的离散，俨然是构成少数民族写作者的审美与认知的"发生"之处。在《在他者的视域中：全球时代的少数民族诗歌》一书中，马绍玺认为当代的文化离散"是全球化语境中少数民族诗人文化体验的最确切的存在状态"。[①] 安然是少数民族诗人，她从北到南的离散经历与体验，自然会在她身上产生属于少数民族群体的明显关于民族和地域的文化离散。

如在《梓里新词（节选），1》中，安然写到了她对自己所属民族和祭祀文化的想象，她这种模糊、久远、不确定的民族文化想象既是全球化时代少数民族

---

① 马绍玺：《在他者的视域中：全球时代的少数民族诗歌》，北京：社会科学文献出版社，2007年，第17页。

文化式微和危机的说明，也体现了作为一个现代的青年人，她对本民族文化既感到陌生、疏远，又有剪不断的关联。这种命运关联是构成她诗歌写作的重要意义表达与审美维度："传说我们是达尔扈特的后裔，信仰/萨满教。祭天，祭火，祭尚司，祭祖先/我们走过的额尔古纳河，住着族人/有我们的原始崇拜/有天父地母/有草木，河流，勒勒车和苏勒德军旗"①。在越来越长或是已经习以为常的文化离散状态中，民族和地域的自然、山川也越来越密集地在安然身上产生诗歌和文化的反应，如在《秋日即景》中，安然惦念故乡的额尔古纳河："再后来，我越走越远/在午后，在静静的夜晚/在一个人迷路的时候/我会越来越惦念额尔古纳河"②。在《喊故乡》中，安然在自己的身体中想象着故乡的麦穗、马、羊群、草籽，确信只有承载着民族文化和地域文化的故乡才是她一生深爱的地方："好像我对着余晖喊，故乡/才如麦穗一样拔节，好像只有这样/在身体里牵出一匹马，放养/一群羊，再把草籽种在血液里，/故乡才能生长，好像只有这样/我把一次次的失望和苦难说给它听/……是这样的节奏和

① 安然：《北京时间的背针》，成都：四川文艺出版社，2018年，第20页。
② 安然：《北京时间的背针》，成都：四川文艺出版社，2018年，第28页。

附录
1

155

情感，渲染/这样的氛围，故乡才能隔着山重水复/成为我一生深爱的地方"①。

（三）离散状态中的生存确认与文化再生。离散是从此到彼的位移和变化。如果"此"对离散者的塑造与影响，是深刻、本质而融入血液之中的，"彼"对离散者的影响则是即时、当下及现实性的。这一意义上，在离散者身上，故乡的"此"与现居地"彼"，构成的是传统与现代、旧与新的对立，平衡传统与现代、旧与新，以适应离散的现代栖居，也已成为当今时代每个个体需要具备的能力。身处全球化的时代，当离散已不可避免之时，人们所要做的事，就是在离散的状态和身份中，确认个体的存在，并在离散的文化状态中尽可能地实现文化适应和文化再生。安然作为深处离散状态中的少数民族诗人，能够在广州这一现代城市中工作、生活，就是在离散的状态中确认了个体的存在。如在《这一年》中，安然写到了她对现代城市千篇一律生活的认知与适应："一年来，我重复在地铁上/遇见自己，我没有慌张和惊讶/没有将自己变成坐井观天的人/我只站着，任凭列车唰唰地疾行"②。如在

---

① 安然：《北京时间的背针》，成都：四川文艺出版社，2018年，第18页。
② 安然：《北京时间的背针》，成都：四川文艺出版社，2018年，第99页。

《亲爱的生活》中，安然既确认了她在广州把异乡当故乡的客观现实，也道出了她作为满族人在现代城市中如何实现传统文化与现代文化的适应："作为一个把异乡当故乡的人/当我谈起牧草、天空、童年和一片草原/它们在另一个春天再次走进我的生活"①。安然也尽可能地尝试找到传统文化与现代文化的平衡之法："我已经缩短南北的距离/比如在习俗上，有时/我会控制一件坏事的发展/我害怕伤害无辜的孩子/我认真地诵读经文，向吃斋的人/学习静心，有忏悔之心"（《褶皱》)②。

　　显然，在不可避免的离散状态中，满族人安然也在从北到南的地理空间离散经历中，感知了全球化强加在她身上的离散身份（异乡人）。这种从北到南的地理离散经历和离散身份，在安然身上显然不只是负面、否定的；相反，它构成了她重新深刻感知自身民族文化、地域文化、故乡、家园及现居地的窗口，构成她诗歌创作的审美支撑。一行说安然的诗歌表现出明显的"用遥想或冥想，来营造出一种'回望''前瞻'

---

　　①　安然：《北京时间的背针》，成都：四川文艺出版社，2018 年，第 72 页。
　　②　安然：《北京时间的背针》，成都：四川文艺出版社，2018 年，第 70 页。

'凝视'和'幻视'的语言氛围"① 来落笔的写作特征，就是她离散性的文化审美与诗写空间的显现。这一意义上，我们可以说，在一种显著的对离散状态、离散文化的感知、想象及书写过程中，安然完成了她对民族、故乡、亲人和异乡生活的确认与文化适应。

后青春的文化叙事与深度审美

按时间算，生于 1989 年的安然，已是过了人生的而立之年。如果按照古人所说的十八岁成年，三十岁有所成就的说法，再加上互联网时代在个人身上表现出的爆炸性的信息传播与接受，安然早已是进入个人身体、思想及为人处世的成熟阶段。这种个人年龄的增长、思想的成熟，自然使安然的审美与随感表达趋向稳定与成熟。这种具有年龄特征的稳定与成熟，既具有爱华德·W.萨义德"晚期风格"的"某种被公认的年龄概念和智慧"②，也有她作为少数民族诗人自身特有的文化书写与审美特征。如在《致而立之年》一诗中，安然写到了在人生的而立之年，她对年龄的感

① 一行：《低语之诗或停顿的风景——读安然诗作随想》，远人主编：《在群峰之上》，广州：花城出版社，2017 年，第 236—237 页。
② ［美］爱华德·W·萨义德：《论晚期风格：反本质的音乐与文学》，阎嘉译，北京：生活·读书·新知三联书店，2009 年，第 4 页。

知、对离散故乡的念想、对生命和所经历人世的理解："在而立之年到来时，我想站在/无边的蓝之上，致我的故土/泥沼里的生命，生命里的白昼和黑夜/致我经历的人世/致我从容的微笑"①。就这一意义而言，安然大学阶段（本科、研究生）的诗歌创作，虽还属于青春期的创作，但却自然而然表现出后青春文化叙事特征。

后青春文化叙事不是与青春阶段的创作没有关联，而是在青春阶段关于爱情、小情绪、小体验的基础上，在全球化的"社会转型、文化交流、个人成长等多重背景下展开的"② 倾向于思考文化、思考生存，并表现出哲理化的审美指向。这种后青春文化叙事，其实就是安然在《诗歌是对人类语言和情感的再认识》中所说的，"取决于一个诗人对过往生活经验的总结和看待一个问题的深度"③ 的"高级表达"，即从青春阶段的浅白、口语化叙事，上升到有人生思考、有文化质地及哲理性的深度叙事。安然趋向后青春的文化叙事大致表现为三个维度：

---

① 安然：《北京时间的背针》，成都：四川文艺出版社，2018 年，第 64 页。

② 冯雷：《"80 年"诗歌———在时代与人生的重叠中展开》，《长沙理工大学学报》2014 年第 3 期。

③ 安然：《诗歌是对人类语言和情感的再认识》，《新世纪文坛报》，2020 年 5 月 29 日第 5 版。

首先，突显民族和地方特性的文化书写。具有少数民族身份的诗人，他们关于民族和少数民族地方的诗歌创作自然带有本身所属民族的特征。从族性与地域性来看，少数民族诗人关于民族和地方的诗歌创作，本质上是一种关于民族和地方的文化书写。① 在现代汉语诗歌当中，少数民族诗人的这种文化书写以审视民族传统文化和表现民族传统文化的差异性为主要特色。安然作为满族诗人，虽然南下后就一直处于与民族文化的离散状态中，但在她南下之前，民族文化对其长达十几年的熏陶、塑造也是深入血液、意识及精神当中的。这种或显性、或隐性的民族文化影响，不仅在她的诗歌创作中以"民族志"诗学的形式时常显现②，还构成了她作为一个青年诗人的诗歌创作有差异性、深度性和文化性的后青春叙事的重要支撑。这就是安然所说的，"我出生在赤峰，体内流着满族人的血液。现在我把这样的满族元素注入我的诗歌，使它们具有民族性和地域性"。③ 安然在想象与书写自己的故乡之

---

① 董迎春，覃才：《论少数民族诗歌的族性本体、文化书写及共同体价值》，《西北民族大学学报》（哲学社会科学版）2021年第1期。

② 董迎春，覃才：《民族志书写与民族志诗学——中国少数民族诗歌的文学人类学考察》，《北方民族大学学报》（哲学社会科学版）2019年第4期。

③ 安然：《诗歌是对人类语言和情感的再认识》，《新世纪文坛报》，2020年5月29日第5版。

时，她的故乡就带着她作为满族儿女的民族和地方文化特征。这种关于民族和地方的文化书写，赋予了她青春期的诗歌创作以"后青春"的特征与深度。"西拉木伦河畔涓涓细流从南向北/问候祖先、族人、山川和草甸/岁月燃烧着的大牧场，我的故乡/在牧人的马背上种植广袤和靛蓝/驮着一个个节日走过春生夏长，秋收冬藏/一系列的事物就静悄悄地/生于春暖花开，眠于寒冬腊月"（《蓝色故乡》）①。

其次，女性的身体叙事。二十世纪中，中国现代汉语诗歌写作最大的发现之一，就是女性诗人对自身身体的发现。这种女性身体的发现、审视及开掘，形成了女性诗人群体特有的身体意识与身体美学。理查德·舒斯特曼说："身体是我们身份认同的重要而根本的维度。身体形成了我们感知这个世界的最初视角，或者说，它形成了我们与这个世界融合的模式。"② 应该看到，几千年来，女性身体一直处于被观看、被否定、被隐匿的状态，然而，当代女性写作者却冲破社会和文化藩篱，敞开自己的身体，创造出一种身体叙事、身体美学与哲学。在现代汉语诗歌当中，女性的

---

① 安然：《北京时间的背针》，成都：四川文艺出版社，2018年，第4页。

② ［美］理查德·舒斯特曼：《身体意识与身体美学》，程相占译，北京：商务印书馆，2011年。第13页。

身体叙事不仅以其冲击性、大胆、张力及不可替代性体现其价值，而且对女性诗人而言，身体叙事的合宜运用在很大程度上是她们诗歌写作成熟的表现和突围的重要方式。现代汉语诗歌中，女性诗人的身体叙事一方面表现为审视、描述她们的外在身体，另一方面则是女性内在世界的反映。安然的身体叙事，描述外在的身体很少，但在反映女性内在世界的特有情感时，则表现出后青春深度叙事特征。如在《今夜》中，安然写道："今夜不要问前世和今生，唯一/能做的，是在檐下说情话/缠绵、悱恻、长情、深爱/此生不换、你侬我侬……"①；在《我喜欢……》中安然写道："我喜欢你，身体膨胀/我喜欢……你抱住我，亲我，捏我/喊我，一声又一声，像两只/交尾的蝴蝶，在云山雾罩的早晨"②；在《爱我，爱我》中，安然写道："爱我，放下我，两个文明人/在草地上深吻、厮杀"③。这三首诗中，安然以充满女性内心世界欲望、力比多、激情、渴望的身体叙事，展现了女性身体的诗歌语言具有的审美冲击与张力。

---

① 安然：《北京时间的背针》，成都：四川文艺出版社，2018年，第114页。

② 安然：《北京时间的背针》，成都：四川文艺出版社，2018年，第145页。

③ 安然：《北京时间的背针》，成都：四川文艺出版社，2018年，第161页。

最后，将青春表达进行哲理化处理。安然是哲学硕士，这种专业的哲学阅读、思考、训练及学术写作，也让她形成相应的哲理化思维与哲理化处理诗歌的能力。在一首诗当中，哲理化的显现形式往往是一句或几句构成的哲理句，但就是这一句或几句诗不仅提升了这首的高度与意涵，还生成了它的现代性张力。一般而言，"哲理句一方面来自诗意，另一方面来自生活的智慧，它通过语言彰显生活的反讽和疼痛感……通过语言的神奇组合达成诗与哲学的双重在场"。① 对安然来说，写出超出青春期并且是有哲理深度的诗歌，首先表现为对词语的艰深化、哲理化建构。她表示："当我写下一个词，甚至更多的词/我就要一一接受它们的争吵/接受它们的疾病/我愿意在河边，搂住它们/看它们在一首诗里/死去活来地纠缠/一次次从暗地里复活，对我说/各种神秘的、复杂的、生僻的词/在日益衰老中，它们/让我恐慌和惊喜"（《词语》)②。其次是哲理句的创造。这是建构在她对民族文化、个体生命的超验、灵性理解之上的。如《坝上》："在坝上，我离众生，近了/一切都近了，唯有我的肉体/和灵魂，

————————

① 董迎春：《当代诗歌：诗性言说与诗学探索》，《学习与探索》2017年第10期。

② 安然：《北京时间的背针》，成都：四川文艺出版社，2018年，第160页。

日夜马不停蹄/在南方野蛮地生长"①；《在额尔古纳河岸》："如果有一天，你看见众鸟高飞/就要想到眸子里溢出来的静/这些洁白、不凡的、说不清道不明的/一种被你我忽视的，静——"；《数星星》："夜里，我们就坐在石阶上/数数星星，看看流水/这些慢下来的事物，是静的"②；等等。在此我们看到，这些原是关于故乡、爱情的青春表达，由于她哲理化的处理，表现出了较强的文化深度与哲理意味。刘波说安然的诗歌写作气质"一方面来自其古典文学的修养，另一方面则是她在哲思层面对词语的敏锐变形"③，则是看到了安然具有哲理化诗歌写作向度。

很显然，作为一个现代的具有少数民族身份的女性诗人，安然突显民族身份、女性身份及所学的哲学专业背景特征的诗歌创作与审美，让她在青春阶段的诗歌书写显现出后青春文化叙事意义和一种深度性写作的价值。

安然作为考察当代青年诗歌创作与发展的案例

安然是八零后的青年诗人，但近几年不断在重要

———————

① 安然：《北京时间的背针》，成都：四川文艺出版社，2018年，第9页。

② 安然：《北京时间的背针》，成都：四川文艺出版社，2018年，第153页。

③ 刘波：《着火的文字与抒情的变革——安然诗歌论》，《华西都市报》2019年1月6日第7版。

的期刊上发表作品，并获得《草原》文学奖和由《封面新闻》《华西都市报》主办评选的名人堂年度十大诗人等重要奖项，逐渐在当代中国诗坛占据一席之地。安然从大学校园开始诗歌创作，毕业后还坚持诗歌创作，并且慢慢提升自己的写作水平，活跃在当代诗歌现场，在很大程度上让她成为阐释和观察当下中国诗坛青年诗人如何持续有效地创作诗歌的一个案例。在此，我们应该明白这样的事实：在当代诗坛众多的青年诗人中，安然能够脱颖而出，虽然有她作为一个女性诗人和从事编辑工作的优势，但也不能否定她个人对诗歌的热爱和坚持，及她作为一个少数民族诗人的族性影响和文化影响。这一意义上，我们既可以参照性地总结出当代青年诗歌创作的一些决定力量，也可以指出当代青年诗歌发展的一些可能。

中国当代青年诗人大多数不仅有高校学习经历，而且他们的诗歌创作也大多开始于校园。对他们而言，在校园阶段诗歌创作与审美的资源无疑是围绕乡土、情感等，但在现代汉语诗歌和现代人的审美已经非常丰富而多元的当下，他们这种传统书写方式，已很难出新和产生审美的影响。安然同样经历了校园诗歌创作的阶段，也同样书写了这些主题，而她结合民族文化、女性意识和哲学思考的表达或许能为其他青年诗人提供参考。

对青年诗人而言，校园阶段的诗歌写作时间是非常短暂的。本科四年或是再加上研究生三年，这些青年人一方面能够通过总结乡土经验、道说成长经历和呈现青春时光的书写方式，慢慢使自身的诗歌创作达到发表的水平，进而通过一定的诗歌发表量成为一个青年诗人；另一方面，也有极大的可能在离开校园之后停止写作。当今中国诗坛中大量的青年诗人既容易浮现，也容易在大众的视线中瞬间消失，这就抛出了青年诗歌写作的持续性、有效性和意义性的问题。然而，如果我们回观当代中国诗坛的成熟诗人，他们如今能够成为诗坛的中坚力量和代表，除了诗歌才能、时代机遇、人脉资源等原因，他们在离开校园和成为一个社会人之后持续性的诗歌创作与诗艺探索似乎更为重要。切斯瓦夫·米沃什指出："可以毫不夸张地说，对大多数诗人而言，诗歌是他们的学校笔记本的一种继续，或者——这既是实际情况，也是打比方——是写在笔记本边缘上的。"① 这句话说出了一个现代诗人成熟阶段的诗歌创作与其校园诗歌创作之间的承续关联。

安然校园阶段的诗歌创作与步入社会之后的诗歌

---

① ［波兰］切斯瓦夫·米沃什：《诗的见证》，黄灿然译，桂林：广西师范大学出版社，2013年，第57页。

创作，既有时间上的承续性，也有审美维度的持续性。安然本人表示："但于我……需要自己持之以恒的阅读、思考和练习，所以是持续的诗歌阅读和练习推进了我的诗歌创作。一首好诗的诞生难度是偶然与必然的结合，必然是量的积累，偶然是情感在瞬间的突围。"① 审美维度的持续性即具有满族族性身份安然的诗歌创作一直表现出相对成熟的文化意识与书写特征。

论及青年诗人的诗歌创作，无法回避的是其写作的不确定性和问题性，但也正是这些不确定性和问题性孕育着诗歌的发展可能。如诗人里尔克对青年诗人寄言："你是这样年轻，一切都在开始……对于你心里一切的疑难要多多忍耐，要去爱这些'问题的本身'……渐渐地会有那遥远的一天，你生活到了能解答这些问题的境地。"② 因为随着人从青年走入中年，年龄的变化带来的是思想的成熟与思维的拓展。而由人所创造的诗歌艺术，它原来的青春叙事、浅白、口语化，会被人的年龄和智慧改变、深化，并走向成熟。在青春阶段，安然的诗歌创作虽然由于离散民族文化的诗写、由于女性身体的叙事及哲理化的诗性空间影

---

① 安然：《诗歌是对人类语言和情感的再认识》，《新世纪文坛报》，2020 年 6 月 15 日第 3 版。

② ［奥］里尔克：《给青年诗人的信》，冯至译，昆明：云南人民出版社，2016 年，第 38 页。

响，具有相对成熟的特征，但在爱情、故乡题材的诗歌作品当中，她的诗歌创作依然不时表现出青春书写的一些问题。这些问题，是其诗歌创作的问题，也是未来的改变空间。

质言之，在青春阶段，安然作为一个用汉语写作的诗人，她具有满族族性身份、女性身份和哲学思辨性的诗歌创作，既呈现了当代青年女性诗人诗歌创作的审美维度与价值，也表征了中国当代青年诗歌的创作特征、发展问题和具有的可能。霍俊明在《一份提纲：关于 90 后诗歌或同代人写作》一文中说："尽管每一个诗人都有不可规约的写作个性和各自不同的写作方向，但是作为一代人或同时代人，一些共性的'关键词'最终还是会凸显和袒露出来。"① 按霍俊明的判断所言，安然具有个体特征的诗歌创作，显然是既有其所属少数民族诗人、女性诗人群体的从属特征，也能够呈现同代人诗歌创作与发展的关键性审美与探索路径。

安然是具有满族身份的诗人，身处现代城市当中，其面向民族、故乡、地方文化及现代城市的诗歌创作

---

① 霍俊明：《一份提纲：关于 90 后诗歌或同代人写作》，《扬子江评论》2018 年第 3 期。

表现出明显的离散审美和离散书写特征。在这种既是全球化也是文化离散的状态中，已经定居现代城市中的安然，以诗歌的形式感知自身与民族、与故乡的文化离散状态，把异乡当故乡，尽可能地做到在城市中的文化适应与离散栖居。从年龄上看，1989 年出生的安然还是青年诗人，但安然诗歌创作超出青春阶段浅白、直接、口语化叙事的框架，原因除了影响巨大的离散的现实与体验外，还有她女性的身份和哲学专业学习的背景。正是这些体现为民族性、文化性、身体性和哲理性的诗歌审美与意义表达，让安然的诗歌创作表现出后青春文化叙事的成熟和稳定特征。安然诗歌创作的民族性、文化性、身体性及哲理性有其个体的独特性，但作为现代汉语诗歌的一定时期或时间阶段的审美维度与方式，是能够给当代青年诗人提供相应的创作借鉴与启示的。这一意义上，安然的诗歌创作能够为考察当代青年诗歌创作与发展提供一个典型个案。

（本文系国家哲学社会科学基金项目、广西高校人文社会科学重点研究基地"广西民族文化保护与传承中心"建设专项，原载《内蒙古大学学报》2021 年第 3 期。）

附录 1

附录2：

低语之诗或停顿的风景

——读安然诗作随想

一　行

一、第一行

诗的第一行规定着诗的方向。对某些诗而言，第一行像是地基或竹子破土时的第一节青笋；对于另一些诗来说，它更像是降临于屋顶或竹林顶端的第一缕晨光。在第一行中，有着诗的本原动机、初始声调和基本姿态。而对读者来说，第一行乃是诗歌迷宫的入口，是从诗中迎面而来的第一股气流。从这阵气流所包含的芳香、尘埃和恍惚之中，我们辨认着诗的新鲜度和奇异性，并在这一时刻与一首诗相遇。

在阅读安然的诗作时，我注意到她起笔时的方式几乎都是假设性的，诗的第一行总是在引入一种虚拟的可能性或模态。对安然来说，诗缘起于一种假设性的空间和场景，从这样的假设中诞生出它的全部语气、声音和节奏。这假设可以是完全的虚构，也可以是对自己过去和未来的遥想或冥想。可以看到，安然擅长的第一种起笔方式，就是用遥想或冥想，来营造出一种"回望""前瞻""凝视"和"幻视"的语言氛围："这些年，我意志坚定奔向南方"（《起风了》）是朝向过去的回望；"在将来，女人，妻子，妈妈……"（《将来》）是对未来生活的前瞻；"一定要在冬天，火苗要足够旺盛"（《当我们说起大雪纷飞》）是对温暖之境的凝视；"在梦里，我没有姓氏，没有感官"（《一无所有》）则是对虚灵之境的幻视。安然喜欢用一种总结式的口吻开始，用诸如"这些年""在人间"或"这一生"这样的短语进入写作状态，但这并不是那种提前过完一生、快要走入生命尽头的河水之中时眷念的一瞥，而只是在幻想一种自己即将经历或从未经历的生活与生命状态，并在这种幻想中自得其乐。"在人间，我们假装结婚生子"（《坏孩子》）是两个小女孩在少年时对未来生活的恶作剧般的假想；"这一生，我会遇见变卦说谎的人"（《遇见》）是对生命中无数相遇和缘分的渴望；"几乎也没多少，这一生"（《这一生，我拥有了多少》）是在提前清点自己的收获和支出的账单。在这样一些遥想或冥想式的诗歌中，第一行的出现类似于从远方的树林或月亮之中开始起风，将一些词吹到近处。

第二种假设性的起笔方式，是从"我"开始，进入一种内在的心理情态和念头演绎中。"我"作为安然许多诗作的第一个词，在抒情主体的显现之外，还具有一种构成谈话语气的功能："我奔跑，把歉意留给你"（《小狐狸》）形成了"我与你"之间的谈话氛围；"我愿意想象她的样子"（《女诗人》）开启了与自己或另一位女诗人的交流；"我也会学着长舌妇数落你，骂你"（《别惹我》）像是在对某个人发脾气；"我总是想表达得再真实些、亲切些"（《我的表达是这样的……》）既像是自言自语，又像是在世界面前的自我剖白；"我怀疑过我，人世中小小的我"（《小小如我》）则是在与一种渺小感中的自我进行交谈。"我"这个词就像是第一滴雨那样落在词语的密林之中，从这里开始了内心雨季的鸣唱。这个词试图确立一种诚恳、倾诉的姿态，让读者相信诗的真诚度；同时，"我"又是意志或情调的入口，无论是"我愿意""我不愿意"还是"我也会""我总是"，这些表达式都规定着整首诗的风格特征。在"我"这个词以及由它开启的第一行的统摄下，一首诗将那些纷繁如叶的念头簇聚在一起，形成了诗的色彩、轮廓和摇动时的总体印象。

我们还能在安然的诗作中看到第三种起笔的方式。它们往往采用祈使句式，并且常与"词"相关，似乎是在暗示一种对写作本身的自我期许。"做一个小小的词，不要什么伟岸"（《愿做一个小小的词》），这是卑微的、自我隐退的写作姿态；"光阴里，盗取一个词"（《盗词人》），诗人被命名为对"春天""幸福"和"爱人"等词汇的"盗词人"；"该用怎样的词来形容它，在牧场"（《地上的黄昏》），无论是哪个词，都是"你的"——"你的"成为一切词语的起源和归宿。我们还可以看到另一些祈使句："低于河流、青山、大地"（《低头》）；"不可能什么都是直的，你要静下来"（《不可能什么都是直的》）；"请把话说完，离开时带走"（《离开时请带走》）；"你得忍受，这人间平凡的苦"（《人间平凡的苦》）……这些祈使句作为第一行，带来了一种恳切请求的声调，如同祈雨仪式中那笼罩着祭坛的颂唱在呼唤乌云。诗歌很可能就起源于这样的呼召仪式，诗就是祈求和祈愿，是对神、天空或另一个人的请求。有些诗祈求的是自我的平静，有些诗则祈求词语光芒的降临，还有些诗则祈盼着爱情、死亡与重生。我们看到，安然诗中所有祈求的核心，是让自我变小、隐退和下潜，是要获得对待世界、事物和他人时的从容与温暖的态度。诗，作为祈求之词，来自长久沉默后对言说的渴望——第一行诗在她这里浮现的方式，就像是在水中下潜了很久，终于露出水面时呼吸的第一口气。

二、声调与姿态

诗歌通过声调给自己安置了一个内部环境：它可能处在强劲的风暴之中，也可能是在平缓的流水深处；它可能具有岩石或泥土的坚实底层，也可能环绕着火焰的炽热或灰烬的温暖。声调的高亢有力，或低沉深稳，从来是判别诗人气质的最明显标志。同时，诗的声调总是伴随着诗的姿态，每一种说话的语气，都提示着某种表情和态度，正如风的呼啸声总是提示出树的姿势。就此而言，安然的诗体现出一种"小女子"的姿态，在她那里出现的主导声调是"低语"式的，温柔、脆弱又坦诚直率。正如前文所说，这种"低语"式的诗歌酝酿着一种谈话式的语气，她向我们推心置腹，即使是一些疑虑、忧惧和担心，她也如实地、毫无掩饰地在诗中述说出来。

在安然的诗中从来没有高声或大声的时刻。一切声音在此都是"低低的"和"小小的"，生怕会惊扰到读者。低语，就是"低头"时说出的话语，是将声调控制在低于雨声时缓慢滴落的词语：

低于河流、青山、大地

低于檐下的飞燕

低于池塘里盛开的荷花，或者

低于莲蓬的高度

有时，我低头就能看见生活里的波澜

林木让出了春天

有时，我低头，想让田野长出稻穗，脚印再深
一些

我走过去，可以看见临盆的小狐狸

有时，我只是想走得稳一点

我低头，哪里都是秩序，雨露、深林、鹿群、
高原

我都没有

我低头，低于尘埃，低于内心的山地

    这首题为《低头》的诗很好地说明了安然诗歌的
特质。"低"，既是说话时的声调，也是说话时的姿态。
对安然来说，诗是一种"低头"的方式，但不是"屈
从"意义上的低头，而是向万物、向自然和美低头。
也可以说，这是一种"低低"的飞行，贴着地面、河
水和生活的飞行，诗压"低"了自己的翅膀，使之擦
过荷花、莲蓬和稻穗。在这种"低"的姿态中，有一
种"退"与"让"的动作：正如"林木让出了春天"，
诗人也想"让田野长出稻穗"。"低"才能"深"，才能
"稳"，就像行走时需要让重心更低一些才能走得平衡
和长远。与那些总是在"仰望"天空和星群的人不同，

安然试图在"低头"的时刻接近自然和事物，并看清"生活里的波澜"。

凭借这种方式，安然把自己定位为"小女子"或"小狐狸"这样的存在。这里的"小"同样既是声调又是姿态。安然声称自己只是"人世中小小的我"，只具有"小小的个性，小小的心愿/小小的身形"，"面对世间的大，我无能为力"（《小小如我》）。这种在尘世的渺小之感，使自己只能发出小小的、如同尘埃落地的声音。在另一首诗中，安然说自己"只愿做一个小小的词"：

> 我只愿做一个小小的词
>
> 随细小的事物一起
>
> 隐退，或消失
>
> 我等待着，随泥土出生
>
> 小于光鲜和美妙
>
> 有关我的一切，都小小的
>
> 我只愿做一个小小的词

"小小的""卑微的""隐退"或"消失的"，这些便是安然的自我定位。"尘一世"，就是尘埃般的自我在这个庞大到让人心慌的世界中，就是尘土般的词语在这个喧闹到无法听见的世界里。尽管如此，哪怕发不出声音，诗人还是要做这样的一个词语，进入到那些"最细小事物"的行列。没有雄心或抱负，诗只愿停留在一粒尘土之上，并打磨照亮这粒尘土的一缕光线。它越来越细，几近于消失——但诗人仍然能伸出自己细小的手指，按住这根琴弦般的光线，进行微不可闻的弹唱。

另一些时候，安然略微提高了自己的声调，开始了赞美。这是一些激动的、温暖而深情的时刻。"在牧场，云朵是含蓄的，河流清澈/是你的/嗒嗒的马蹄声，是你的/我们躲进小帐篷，弓箭是你的/木匣里的银器是你的/大碗的酒，喝下去，是你的/在牧场，骑马的少年，是你的/土地上的黄昏是美的，是你的/我也是美的，是你的"（《地上的黄昏》）——这些赞美具有一种清澄的质地，有银器的明亮和弓箭的简捷。"美"回荡在颂赞之中，就像被云朵包裹的天空中的马蹄声。"牧场"这样的场景自带着诗的声调，它是悠长、舒缓的；同时，它也自带着诗的姿态，喝酒、骑马与爱情这三样事情几乎可以从"牧场"一词中直接分析或演绎出来。而在《这般红》和《天空蓝》这两首诗中，赞美的声调被赋予了"红"与"蓝"的色彩与光泽：

我就是喜欢这般红——

在春风里歌唱的红，在雨水里

奔跑的红。我喜欢你的这般红

水滴的模样——

娇小、瘦弱，落地成冰

不说别的，这红莲的红，落日的红

这般红，就站在月光下

我喜欢上了你，新年般的红

（《这般红》）

让我在岭南，记起你的好、你的蓝

我想，你还想让我赞美你

更多时候，你的蓝都蓝过南方的

你的蓝都有情有义

都令人心潮澎湃

你的蓝，感染着我

让我在时许轮回的春秋，彻夜难眠

（《天空蓝》）

　　这两首诗中，"对色彩的赞美"被转换为"赞美本
身的色彩"。诗中的"你"既可以指向颜色，也可以指
向爱人。"我就是喜欢"，这里有一种任性、撒娇的语
气，某种小女儿的情态，也可以解读为一种决绝的、

义无反顾的热情。"红"是火焰一般的热情的颜色，却被诗人给予了"水滴的模样"：它"娇小、瘦弱，落地成冰"。然而，《这般红》的妙处在于"水"的变形历程：从"雨水"到"水滴"，到"冰"。这外表"娇小、瘦弱"的红，其实是笃定和坚硬的，像这钻石般的热爱的独立不迁。《天空蓝》是对洁净天空的赞美，同时也是对一位恋人的赞美。这位像云一样游历四方，又像天空一样无限宽广的恋人（"你"），具有一种特殊的魔力："你是蓝的，染蓝四方"，"让我不敢直视你/让我不要忘了你"。这"有情有义"的蓝，是从自然中提取的爱的颜色——天空变成了一个巨大的染布坊，被这蓝色涂染得像是浩瀚而透明的心海，它的激荡就是大海的潮汐。《这般红》和《天空蓝》都有一种让人难忘的声调，这是肯定的声调，更是爱的声调。这声调从自然中生长而出，进入到内心之中，最后又从词语的音节中发出。

三、女性故事与停顿的风景

诗歌可以分为"有故事"和"没有故事"这两种类型。前者塑造的语言空间是受到限定的、处在一种具体情境之中的空间；后者则倾向于在词与观念的演绎中，自行展开一种无限的、基于抽象语境的诗歌言说。不过，"有故事的诗"未必都是叙事诗，它可以是

附录2

抒情性的或教诲性的，也可以只是在书写一种内在状态。在我看来，安然的诗属于"有故事的诗"这种类型。不过，她很少写叙事诗，而专注于内心状态的写作。这些诗作中的故事从来不是完整的叙事，而是叙事的碎片、衍生物或残留下的遗蜕。安然关心的是故事的情调、氛围和其中"形体删成段落"的部分，通常省略掉那些过于明确的情节和内容梗概，只保留了几条黑暗的回廊和几扇打开的窗户。从这些回廊和窗口，我们能看到一些特殊的风与景、光与物，也能看到一些特殊的动作与意象。

安然诗歌的故事，属于"小女子的故事"，其中出现的大多是孩子、女人和小动物（诸如"小狐狸"和"蚂蚁"）。《坏孩子》讲述的是两个孩子之间的秘密，"不准哭，不准喊，不准告诉家人"，这种"过家家"式的故事如今看来很天真，在孩子那里却是非常严肃的。"女人的故事"出现在安然的大多数诗中，无论是自己的经历、遭遇还是其他女人的故事，都被预设为诗的抒情背景，有时也会进入前台，变成诗的主体部分。《将来》和《这一生，我拥有了多少》是其中两个例子。而《在秋天，我是歉收的小女子》则是对自身故事的叙述，夹杂着浓厚的抒情声调：

我不愿接受一些事实，比如：

七月二十，我的户口离开了苏木

我与爸爸妈妈隔了诸多城市

要习惯粤语、回南天、七个月的炎热

在秋天，我并不比谁过得潇洒

我羞于怀念家乡的事物

我不懂民俗和历史，如此顺理成章

在秋天，有人歉收或丰收

说起少小离家的人，我不愿承认

我的虚伪、自私和狂妄

我的口是心非

我是歉收的小女子

在秋天，如果有一场雨来临，我要

携带闪电和雷鸣

在窗前，为对面楼顶的小树祈祷

……

　　如果再多一些叙述性的细节，这首诗可以变得更丰富、更结实一些。在某种意义上，安然的诗中可能缺少足够的"事实"，她省略掉的东西过多了，而诗中她进入抒情的时机未必总是恰当。将抒情的时刻往后推迟一分钟，在前面添加十行左右对"事实"的叙述，这样就可以达成诗的平衡，"女人的故事"就可以讲述得更为仔细和动听。就安然的诗作所呈现出来的意识状态而言，她对自身的定位并不是"女性主义"的，而是较为传统的、自愿居于"小女子"的位置。这当然是个体选择的自由。诗歌中的"女性意识"不一定非得是"女性主义的意识"，但即便不选择女性主义，诗歌也必须为自身的选择提供足够的反思性维度。就此而言，安然诗歌的反思层面尚不充分，单纯抒情写法的局限性也正在于此。安然笔下的《一位女诗人》，作为一幅暗示性的自画像，清晰地表明了她对于女诗人身份的想象和自我定位：

一位女诗人，记得细小的事物

一位女诗人，一个人，经历沧桑，依然爱着

一位女诗人，她拉着我诉说心事

一位女诗人，我遇见她

在人群中赶路，更加忙碌

我看着她，我愿意远远地看着她

我愿意这样看着她，抬着头

把自己送进婚姻里

把往事锁在心底

把将来好好地安顿

在安然的想象中，女诗人应该是"优雅的、安静的"，应该是"暖的，甜的，美的"。但这样的女诗人，实在过于符合男权世界的想象。安然似乎并不愿意质疑和反省这样的形象是否有问题，是否真的那么值得追求。为什么女诗人就不可以是强硬的、寒冷的、苦的，不按照人们预期的方式而显得美的？像"暖、甜、美"这样的女性定位肯定是缺少反思的，它会严重影响到诗歌的意识层级。我们当然不能强求所有的女诗人都呈现一种复杂的意识状态，但不寻求复杂并不意味着就可以停留于过于简化的"甜美"之中。

在安然讲述的故事中，除了"声调和姿态"之外，"风景与动作"是其中最具诗意的部分。我们可以看到，这些动作经常是以风景作为其背景出现的，那些自然中的水、月、雪、草原和黄昏，如同人所倚靠的古老窗牖，将诗中出现的动作映衬得别有意味。在《当我们说起大雪纷飞》中，基本的动作是"手拉在一起"并且"我们靠在一起"，看着雪越下越大，在火苗的温暖中感受这世间的紧张、激愤与茫然。而在《我的表达是这样的……》中，一切动作都是一种"表达"的方式，"扬眉，或浅笑/就说出了世间的美好/我的表达也要在黄昏里/为荷锄的人指路"。诗人声称，她的表达始终要"浸染花香，渗入泥土"，并"把细小的事物带回人世"。与风景连成一片的动作，最典型的例证是《雪落时》：

现在，我停下来

用梳子扫雪，用瓷碗盛风

我把自己放进一条小船

让心寂静如水，然后顺流而下

看张灯结彩的河岸

有煮花生的老人

有窗花，倒映在河面

有骑自行车过桥的男子

此时，我看见我自己

在桥的下面，我看见

静止的、安宁的、淡然的、静默的

把砂砾抱在怀里的自己

我一气呵成，看见了自己

哦，我停下来

——为了看见自己

清雪落满人间时

　　这首诗，正如安然的大多数诗那样，开始于一个
"停下来"的时刻。在这停顿的时候，她进入到风景之
中，开始了诗性的动作："用梳子扫雪，用瓷碗盛风"，
并把自己"放进一条小船"。她的动作不仅与风景相
关，而且最终使她成为风景的一部分。她看到了"张
灯结彩的河岸""煮花生的老人"，看到了"倒映在河

我
不
是
你
的
灌
木
丛

面"的窗花和"骑自行车过桥的男子"。这些当然是雪中的风物。但所有的风景,最终倒映出的是自己。用电影《一代宗师》的台词,诗歌在"见天地"和"见众生"的同时,也是在"见自己"。"我看见我自己/在桥的下面,我看见/静止的、安宁的、淡然的、静默的/把砂砾抱在怀里的自己/我一气呵成,看见了自己"——这三个"看见",既是对动作的看见,也是对内心状态的看见,更是对自身处境和位置的看见。在这停下来的时刻,在这停顿、静止的风景中,只有这"看见"的目光仍然在运动,它穿透了一切迷惑、模糊和暧昧,直指那个真正的"自身"。我不知道,这是否安然对于她自己女性身份的自觉。或许,在这由"雪"构成的清澈图景中,安然重新捕获了自知和自我反思的勇气。但愿她能在这条自我辨认的道路上越走越远,直至将女性的故事讲得更为具体、切身,直至这个世界最终安然无恙。

2017 年 4 月于昆明

(原载"当代中国生态文学读本"第六卷《在群峰之上》花城出版社,2017 年 6 月)

附录 2